〔日〕江户川乱步 著

傅栩 译

宇宙怪人

江户川乱步少年侦探系列

人民文学出版社

PEOPLE'S LITERATURE PUBLISHING HOUSE

图书在版编目(CIP)数据

宇宙怪人/(日)江户川乱步著;傅栩译.—北京:
人民文学出版社,2017
(江户川乱步少年侦探系列)
ISBN 978-7-02-012772-6

Ⅰ.①宇… Ⅱ.①江… ②傅… Ⅲ.①儿童小说-侦
探小说-日本-现代 Ⅳ.①I313.84

中国版本图书馆 CIP 数据核字(2017)第 101372 号

责任编辑　朱卫净　　王皎娇
装帧设计　汪佳诗

出版发行　人民文学出版社
社　　址　北京市朝内大街 166 号
邮政编码　100705
网　　址　http://www.rw-cn.com

印　　刷　山东德州新华印务有限公司
经　　销　全国新华书店等

开　　本　890 毫米×1240 毫米　1/32
印　　张　6.25
字　　数　80 千字
版　　次　2017 年 10 月北京第 1 版
印　　次　2017 年 10 月第 1 次印刷

书　　号　978-7-02-012772-6
定　　价　32.00 元

如有印装质量问题,请与本社图书销售中心调换。电话:010-65233595

— 目 录 —

— 飞碟 —

飞碟，自从在美国被发现后，已经陆续在世界各地的空中现身。很早以前，报纸上就登载过它在日本的天空中出现的报道，然而当我们的故事开始的时候，这东西正频繁地出现在日本的上空。像个大盘子似的圆圆的东西，以极快的速度从高空中掠过，有人猜测，它是不是别国的新型侦察机。还有人说，不，说不定那是宇宙中的哪个星球派来侦查地球情报的呢！

不过，更多的人却认为——

"哪有那么离谱的事儿啊？要是大城市里的人抬起头来，大家都看到了，倒还有几分可信，光是一两个山里人、乡下人看见了，也可能是看错了嘛。说不定是把巨大的流星给看成飞碟了呢？何况，天空中还会有海市蜃楼的现象，也可能是行驶在山路上的汽车车灯照到了天上，看上去刚好像个圆形的盘子而已。不管怎么说，世上根本不可能有那么奇怪的飞行器。最有力的证据就是，那飞碟，不是一次都没有在这地球上降落过么？"

于是人们根本就没把这事儿放在心上。

但那飞碟才不管这些谣言。最近，它在各个国家频频现身，就连以往没怎么来过的日本上空，也开始时不时地出现它的身影。不过，因为实际看见它的人只是极少数，所以就算报纸上登了相关的消息，没亲眼见过的人，还是不相信。他们都觉得，多半是把什么东西看错了。

然而，有一天，发生了一起事件，让那些不把飞碟当回事儿的人大惊失色。那究竟是怎样的事件呢？在讲这件事之前，我得先介绍介绍平野君。

平野君是个小学六年级学生，家住在世田谷区郊外一个僻静的角落。平野君家旁边住着一位二十五六岁，很懂料理的叔叔，姓北村，最近一个多月，平野君时常跑到这个北村叔叔家里玩儿。平野君很喜欢料理，所以特别喜欢和这个叔叔聊天。

北村先生家的棚屋很小，只有三间房，住着叔叔和耳背的奶奶两个人。屋里摆放着大量复杂的菜谱，还有显微镜和天体望远镜。平野君特别喜欢用天体望远镜观察月亮和火星。

"叔叔，你说那飞碟，是真的吗？"

有一回，平野君问了这么个问题。北村仿佛正等他问似的，立刻讲了起来。美国哪个地方的谁谁谁最先发现了它，紧接着它出现在哪里，后来又出现在哪里，等等，详细地介绍了世界各国出现飞碟的历史，然后，就像这个故事开篇讲的那样，他介绍了关于飞碟的各式各样的猜想，紧接着，他这么说道：

"不过，要我看，可不能小瞧这个传闻。就算看错了，世界各国的人都错看成同样的东西，这也够怪的。

"我们人类总是不愿意相信第一次看到的东西，对于新发明也是这样。比如飞机，一百年前，人们做梦都没有想过人类可以飞起来。其实在更早的时候，就已经有不少人想过要像鸟儿那样飞翔了。在日本的江户时代，就有人在自己的身上绑上巨大的翅膀，尝试在空中飞行了。然而，这些人却被当成疯子。人们都拿他们当笑话，说人要飞上天，简直就是痴人说梦。

　　"可你看现在，飞机可以承载五六十个人，在空中自由自在地飞行，甚至两三天就能绕地球一圈了。

　　"所以，飞碟的传闻也是不容小觑的。虽然我们的头脑无法理解，但对另一个世界的人们来说，也许稀松平常呢。"

　　"另一个世界的人？"

　　平野君一脸不可思议的样子。

　　"就是地球以外的世界呀。在宇宙中，可是有无数个比地球更庞大的世界呢。"

"啊，你是说火星吗？它是从火星上飞过来的吗？"

平野君的双颊兴奋得红扑扑的，心情激动起来。

"可能是火星，也可能是其他的星球。总之，它们从宇宙中的另一个世界跑来我们地球搞侦查，这也是很有可能的。"

"这么说，那飞碟里乘坐着从其他星球来的人啰？"

"也许有，也许没有。不过就算里面空无一人，也能靠机器的力量来侦查情报。你不妨想想我们地球人发明的'无线电控制飞机'，在某个星球上，说不定有比这更先进的机器。如果真是这样，即使里头没有人，那飞碟也能自由飞行，还能把地球上的情形拍成照片呢。"

平野君听了这一番话，心里既激动又害怕。

"不过，外星人到底都长什么样儿啊？火星人是不是像章鱼一样长了很多黏糊糊、软绵绵的脚的可怕怪物呀？"

"那只是一个名叫威尔斯的英国小说家想象出

来的形象而已，其实谁也不知道它们真正的模样。实际上，就连火星上究竟有没有生命，我们都不知道。所以让那飞碟在空中飞行的可不一定就是火星上的人。也许它来自更远、更大的星球呢！”

“那，它们是不是长得比章鱼更恐怖啊？”

“这可不好说，它们也许长得像黏糊糊的水母，也许长得像硬邦邦的机器，又或者，他们长得和人类其实差不多呢。”

“真可怕啊，要是走在路上撞见了这些家伙可怎么办呀！”

“哈哈哈——那我就不知道了。要是那飞碟里真的有外星人，而飞碟又在地球上的某个地方降落的话，说不定真会给你撞上呢！”

北村先生一边说着，一边盯着平野君的脸。

那个时候，平野君感到身子猛地一僵，有些发麻，有那么一瞬，他的眼前好像恍惚了一下，感觉北村先生看上去竟像是个怪物。

“你怎么了，平野君？干吗直勾勾地瞪着我，表情还这么吓人？"

"不不，没什么。现在没事了。"

这当然是他的错觉。因为北村先生还是像平时一样，和蔼可亲，面带微笑。

—一百万个目击者—

这番对话之后过了半个多月，一个周六的下午，平野君跟随父亲，在离银座很近的电影院里看了一场电影。待他们走出电影院时，已是傍晚五点左右了。

父子俩决定散散步，于是他们来到银座大街，朝着新桥站的方向走去。银座大街的橱窗里已经亮起了灯，霓虹广告牌也开始闪闪发光，不过天还没有全黑。电灯的光和天空的光看上去不相伯仲，这种时候，总让人觉得有那么一点异样。擦肩而过的人群看上去模模糊糊，就好像一群群影子。彼时，就是这样一个黄昏。

银座大街和往常一样，人来人往，车水马龙。

平野君害怕一不小心和父亲走散，所以紧紧地牵着父亲的手，亦步亦趋地走着。不知怎么的，忽然就想看看天空。他有种奇怪的感觉，仿佛现在要是朝天上看，就能看到什么不可思议的东西似的。于是，他把目光从看了一路的橱窗上收了回来，忽地投向了天空。

天空虽然晴朗，也没有一丝风，但却莫名地发沉。两三点微弱的星光忽隐忽现。这时，平野君没来由地想起了飞碟。派这些飞碟飞往地球的，到底是哪个星球呢？他开始思考起那遥远的另一个世界来。

"怎么了？快走啊。"

因为平野君停下了脚步，他的父亲用力拉了拉他的手，催促了起来。

正在这时，平野君吃了一惊，感觉心脏一下子提到了嗓子眼儿。啊！那该不是幻觉吧？就在自己的头顶上，高高的天空中，竟有一个盘子似的圆圆的东西，泛着白色的光，嗖地一下飞了过去！

"怎么了，一郎？你在看什么呢？"

父亲又对他说道。一郎是平野君的名字。

"爸爸，您快看！那边那边！又有一个……啊，变成两个了。三个，四个，啊！那边也有，天上一共有五个！瞧，爸爸，您看见了吗？"

父亲吓了一跳，怀疑儿子是不是疯了，赶紧抬头朝天上看。刚开始双眼还没适应黑暗，什么也看不清。但一郎少年一直用手指着说那边那边，父亲便顺着所指的方向仔细看了过去，这时，有些奇怪的东西映入了他眼帘。那是闪着银光、又扁又圆的东西。一个，两个，三个，四个，五个，以极快的速度穿过银座大街的上空，朝着西边飞去。平野一郎所看到的并不是幻觉，他的父亲也看到了同样的东西。

在银座熙熙攘攘的人群中，一对父子抬头望着天空，一脸惊讶地站在路中央一动不动，很快就吸引了人们的主意。一个人，两个人，不一会儿，周围的很多人都停下了脚步，抬头看起天来。

“呀！是气球！气球在天上飞呢！”

一个少年喊了起来。

“不是气球，胶皮做的气球怎么可能那么扁呢，也不可能飞得那么快！是飞碟！飞碟！”

一个青年高声嚷道。

紧接着，这个消息在人群中传开了，这下可好，整个银座的人都停下了脚步，大家都抬头望天。身处银座的成千上万的人一齐像石头一样定住了。这景象，简直太奇妙了。察觉了异样的汽车也停住了，自行车也停住了，最后闹得连电车都停住了。

然而，并不是这里所有的人都看见了飞碟。“在哪儿？在哪儿？”就在人们议论纷纷之际，五个飞碟从银座的上空穿过，很快就不见了踪影。

“在那儿！在那儿！”

人们纷纷叫嚷着，有人朝数寄屋的方向，有人朝日比谷的方向，人群像呼啸的浪潮一般轰地朝各方涌动起来。但飞碟不是人们靠双脚就能追上的，奔跑追逐的人们，最终还是跟丢了。

等回过神来，银座大街所有的屋顶上都黑压压地挤满了人。为了追寻飞碟的踪影，商场的店员们率先登上了屋顶。但是飞碟快得像利箭一样，等人们到了屋顶，已经什么也看不见了。

"快给报社打电话！让他们派飞机去追踪！"

还有人一边嚷着，一边扑向商场柜台的电话机。可没等人们通知，报社的人早就发现了飞碟。报社记者们成群结队地守在有乐町大报社的屋顶上，望着天空一片哗然。眼疾手快的摄影记者早已朝飞碟举起了相机。

报社当然想到派飞机去追踪，已经拿起电话安排了。但考虑到等到飞机起飞，飞碟恐怕早就飞远了，于是又纷纷作罢。

后来，他们发现与其派飞机，不如和飞碟前进方向的报社分社打电话，分社再联络另一家分社，以接力的方式追踪飞碟的去向，于是赶紧安排了下去。另一方面，警察也出于同样的考虑，通过电话联络，在空中拉出一道警戒线，追踪着飞碟的下落。

平野君和他的父亲却愣愣地站在原地，看着银座这场空前绝后的大骚动，但也不能一直就这么看下去，于是两人从新桥站上了电车，回到了世田谷的家里。

月台上，电车里，乘客们全都谈论着飞碟。

"那肯定是敌国的间谍飞行器！看来战争马上就要开始了！"

如此这般，有人恣意发挥着想象，讲得绘声绘色，有板有眼，但却没有一个人认为那是从外星来的使者。平野君心想："大家都搞错了，知道真相的就只有我一个人。"竟有些得意了起来。

下了电车，站前的收音机商店里早已是人头攒动，广播里已经在播放飞碟的新闻了。听广播里说，那五个仿佛空中水母一样的飞碟从东京湾出现，途经银座上空，飞过朝虎之门、青山、明治神宫等地，进入世田谷区，紧接着沿着甲州街道，朝八王子市的方向飞去了。它们飞行途经的地方，都像银座一样，发生了阵阵骚动。广播新闻将这些细节一一报道了出来。

每一户人家的收音机都一直开着，人们焦急地等待着后续的报道。到了第二天，人们翻开报纸，也是迫不及待地到处翻找飞碟的消息。不管哪家报纸，都在社会版面整版登载飞碟的消息，还附上了飞碟的速写图和照片。然而，因为飞碟在极高的高空飞行，所以几乎所有的照片都只看得出五个模模糊糊的亮点。

报纸上还登载了大学的教授们和天文台的学者们的分析，但大家都在大谈特谈飞碟的历史和美国人的看法，没有人明确地提出自己的观点。

飞碟去了哪里呢？关于这一点，无论是广播还是报纸，给出的消息都只能令人失望。虽然知道它们经过了世田谷区的上空，但那之后，由于天空一片漆黑，再也没有人看见它们了。八王子市是那个方向最大的城市，那儿的警察和报社都严阵以待，但飞碟最终却没有出现。按照飞碟的速度推测，它飞过八王子上空的时候，天空应该还有一丝亮光，但飞碟却完全没有现身，就此不知所踪。

不过，和美国等其他国家的情况不同，这一次，整个东京恐怕有近百万人清楚地看见了它。这已经不是一个捕风捉影的传闻了，近百万人同时看错，肯定是不可能的。

可话说回来，那空中水母一样的银色飞碟究竟消失去了哪里？报纸和广播提供了各种各样的想象，是在飞过世田谷区后升上了更高的高空，看不见了，还是途经不易被人察觉的田地和山野，飞回了太平洋？抑或是横穿本州岛，飞向了日本海？他们认为真相肯定在这三种可能之中。

然而，这些想象却没有一条猜中真相。因为就在事件发生第二天的晚报上，报道了一起令全日本震惊不已的恐怖事件。

―山里的巨大圆盘―

虽然广播已经在第一时间报道了这条消息，不过晚报上的新闻才是最详细的：

飞碟坠落丹泽山

巨大圆盘中走出有翼怪人

伐木工松下岩男氏的亲身体验

一份晚报上登载了这么一条标题。

报道说，一个闪着银光、直径五米左右的大圆盘坠落在位于神奈川县的丹泽山与塔岭中间地带的一片大森林里，那地方就连伐木工也没进去过。离那儿一公里的地方，一个名叫松下岩男的伐木工正独自一人善后，忽然，一声惊天动地的巨响把他吓了一个激灵，于是小心翼翼地靠了过去，发现一个不知名的怪物，看似由两个巨盘叠合而成，压倒了森林里的大树，横躺在那里。

伐木工说，他被这个连梦里也没见过的神秘巨大物体吓得着了慌，本打算拔腿就跑，可后来转念一想，又远远地躲在了大树后头，观察了一阵子。

晚报上大幅刊登了伐木工松下君的照片，他看上去四十出头，满脸胡楂，大眼睛大鼻子大嘴，五大三粗，一看就是个胆儿大的。

就连这个壮得像个山妖似的伐木工都给吓得险些晕过去，可以想见，那得是多么可怕的景象啊！

据那位伐木工讲述，那时太阳已经完全下山了，特别是山里，更是漆黑一片。据说那银色的大圆盘浑身银光闪烁，隐约照亮它的周围。

他就这么一动不动地一直盯着它好一阵子，什么也没发生。可又过了一会儿，不知道从哪儿传来一阵微弱的嗡嗡声，好像是机械运转的声音。

伐木工开始有点儿害怕了，但他还是稳住双腿，心下暗道"怕你不成"，继续凝视。

只见那大圆盘似乎微微地动了起来。刚开始还看不清是哪儿在动，不一会儿，那叠起来的两个大盘子的上面一个，就像贝壳开口一样，一点点，一点点地朝上翘了起来。

莫非里头有个什么人，把它抬起来了？不，这可没人做得到。毕竟是个直径有五米的金属盘，凭人类的力气肯定抬不起来。那就是通过什么机械作用打开的，刚刚那一阵嗡嗡声，肯定就是那机械发出来的。

一厘米，两厘米……肉眼几乎看不出那沉重的金属盖到底动是没动，但它确实以极缓慢的速度一点一点地打开了。

当圆盘间开出二十厘米左右的缝隙时，只见那缝隙里头竟有黑色的东西在动。虽然因为周围太暗，看得并不真切，但那肯定是某种生物。是动物。有某种动物，正从那个缝隙里，窥探着这个世界。

　　伐木工说，那东西十分邪恶，简直难以形容。它长着两个类似眼睛的东西，但那绝不是人类的眼睛。也不是猴子、狼或者老鼠的眼睛。在伐木工知道的动物里，只有他以前在山里见过的蟒蛇的眼睛倒和那东西有几分相像。那双眼睛就是大蟒蛇的眼睛。

　　天色实在太暗，其他的啥也看不清了，伐木工这回是真的害怕了，打算转身逃跑。可是，他这时已经没法儿跑了，好像被那个可怕的怪物给施了定身术似的，双脚不听使唤，动不了了。

　　接着，又过了一会儿，大圆盘的盖子打开了约莫五十厘米，在里头蠕动的怪物忽然一下子跳到了外面。

　　一看到这派景象，伐木工吓得魂飞魄散，差点儿就要昏过去。

　　那怪物似乎是个长着翅膀的巨大蜥蜴，脸和鸟类类似，一双蟒蛇似的眼睛闪着瘆人的寒光。它的身体结构有点像人，有手有脚，可以直立行走，但全身的轮廓却是一只巨大的蜥蜴，脸上身上长满了紫、绿、黄三色相间的条纹，滑溜溜的，泛着银光。而它的背上，则生着一双像蝙蝠一样的翅膀。

那怪物从圆盘里爬出来，在地面站稳，一双蛇眼滴溜溜地打量了一下四周，紧接着猛地张开巨大的翅膀，一开一合扇了两扇，就嗖地一下飞上了天。

它起飞时的动静之大，就连站在二十米开外的伐木工，都感到了一股狂风扑面袭来。

晕晕乎乎动弹不得的伐木工被这狂风一刮，终于回过神来，头也不敢回，一溜烟地逃了回来。

等他逃回山下的村子里，把这奇遇和大伙儿一说，立刻引起了轰动。消息从村子里的派出所传到警察局，最后又通过电话传到国家警察总局，于是一个警察小分队迅速赶到了村子里，各个报社也派来了成群结队的记者和摄影师，消防队和青年团的人也被调了过来。紧接着，这一群人让伐木工带路，要去山里大圆盘着陆的地方搜查。晚报的报道到这里就没了。毕竟是在深山老林里，直到晚报的截稿时间，搜查的结果也没出来。

这篇报道在日本全国引起了极大轰动，加上东京市民们又目击了飞碟，更是把这次的事件炒得热火朝天。人们见面闲聊的话题几乎全都是飞碟和大蜥蜴怪物。

然而，对第二天的广播和新闻满怀期待的人们，却是大失所望。

那个巨大圆盘竟然消失不见了。

伐木工还清楚地记得那个地方，因为飞碟坠落而被压倒的大树也都原原本本地留在现场，但是，偏偏就只有那飞碟不见了踪影。搜查队把附近搜了个底朝天，就连类似的东西都没见着。

那飞碟，是不是在伐木工逃跑了之后就这么飞走了呢？是返回它的母星去了，还是在离地球不远的宇宙中徘徊呢？

报纸都只能做这样的猜测。

说起来，从飞碟里爬出来的那个又像蜥蜴又像蝙蝠的怪物，跑到哪儿去了呢？是爬回了飞碟里，和它一块儿飞离了地球，还是用那双蝙蝠翅膀飞离了飞碟，留在了地球上？会不会这会儿正潜伏在东京的某个地方呢？

令人担心的还不止这些。在那个飞碟里，伐木工看见的怪物难道就只有一只？会不会一模一样的家伙还有两只、三只，它们纷纷爬出飞碟，已经飞到日本全国各地藏起来了呢？

还有，从东京上空飞过的飞碟总共有五个，另外的四个究竟落在了哪里，这也是个问题。万一另外四个也在日本着陆，再从里头爬出三五头怪物，那就有十多头怪物藏在日本各地了。何况它们都长着蝙蝠一样的翅膀，等夜深人静的时候，它们就能飞上高空，神不知鬼不觉地飞往任何地方。

这多么可怕呀！

从那之后，全日本的人，就连看到飞在天上的老鹰或乌鸦，都要一惊一乍的，以为是遇到了传说中的怪物。

─长翅膀的大蜥蜴─

不过，那之后的一个月，什么事也没有发生。飞碟在日本降落的消息传遍全球，上了各国报纸的头条，不过那飞碟却消失在了丹泽山，没了踪影，而那个长翅膀的大蜥蜴怪也不知道去了哪里。就好像这场风波只是全东京的人集体做了一场噩梦。

一定要问有什么变化，只有一个，那就是平野君的周围发生了一件怪事。

所谓怪事，就是平野君最喜欢的北村先生忽然不见了。就像之前说的，北村先生和他雇的一位耳朵不太好的老婆婆两个人住在一栋小房子里。飞碟事件发生之后两天，他说"出去散散步"，结果就一去不回，不见了踪影。

老婆婆慌慌张张地报了警，能想到的地方都找遍了，也没发现北村先生的身影。

他就这样失踪了一个月。

有一天下午，平野君在家附近的平地上散步，大家怎么都找不到的北村先生，却忽然出现在了他的面前。

然而，此时的北村先生已是枯瘦如柴，都快认不出来了。头发乱蓬蓬的，青黑色的胡楂布满了他的双颊和下巴，面色苍白，衣裳也破破烂烂，那样子看上去简直就像个幽灵。

"北村先生？您是北村先生吧？您这是怎么了？"

直到平野君开口，北村先生才缓过神来：

"哦！是平野君啊。我这回可是九死一生，好不容易逃出来的！它马上就要追上来了，没时间磨蹭了，快！快和我来！我有话要和你说！"

说着，他还不时战战兢兢地朝身后张望。看他害怕的样子，就好像后面的追兵马上就要追上来似的。

"那就去叔叔您家吧，婆婆可担心您啦！"

"不行，不能去我家，太危险了。我带你去个好地方，先去马路上叫辆车。"

"咦？这个好地方是哪儿啊？"

"先别管去哪儿，跟我来就行了，上了车再和你解释。"

两人来到了马路上，北村先生拦下了刚好开到面前的一辆车，便慌忙坐了上去。平野君别无他法，也只得跟着他上了车。

"到底怎么回事？请您告诉我！"

"你很快就会知道了。等到了地方，我就告诉你。"

"到什么地方？"

"这个可以告诉你，你应该也认识他，我们要去明智小五郎的家。"

"哎？您是说那个大侦探？"

"没错。这事儿还必须通知警察，不过我们先去找明智侦探。我曾经和明智先生有过几面之缘，和他还算熟。这种时候，最好是找他商量。"

自此，北村先生便再没开口说话。

就算是主动询问，他也没再回答。

不一会儿，汽车驶入了千代田区，停在了明智侦探事务所门前。按响门铃，长着一张圆圆的苹果脸的小林芳雄来应了门。他是大侦探的助手，也是小有名气。

明智侦探刚好在家。两个人很快就被带到西洋风格的客厅，明智侦探、小林君、北村先生和平野君四个人围着一个圆桌坐了下来。

互相打过招呼之后，北村先生很快进入主题：

"明智先生，我这一个月都被关在飞碟里了。今天早上，才终于瞅准时机，逃了出来。"

"什么?!"

另外三人一听这话，面面相觑，都不禁发出了惊讶的声音。因为大家都以为那个飞碟早就已经飞走了。

"你说的飞碟，是那个落在了丹泽山里的飞碟吗？它现在到底在哪儿？"

明智侦探急忙问道。

"它只是挪了位置，还是在丹泽山，在更深处的深山老林里。那地方深得可怕，伐木工和猎人都不会去。"

"那你怎么没去报警，让他们派人去搜山呢？"

"根本没用，飞碟可以自由自在地飞行。我逃出来，肯定已经被发现了，所以它绝不可能还停留在原地，肯定已经远远地飞到别处去了，那地方恐怕谁也不知道。"

正如北村先生所说，飞碟飞行的速度极快，所以即使警察把它包围起来也无济于事。就算是派飞机去追，恐怕也很难追得上，真是个难对付的家伙。

"那么，你又是为什么会被关在飞碟里呢？"

明智侦探又问道。

"是这么一回事。事情发生在飞碟落在丹泽山中的两天以后。我很喜欢在田间散步，所以那天我来到世田谷区郊外的一条宽敞的田间道上闲逛。走着走着，天色就暗下来了。眼看光线变暗，看不清脚下了，于是我急急忙忙就往回赶。这时候，突然在我的前方冒出了一个东西挡住了去路。不像是从远处走来的，倒像是直接从天上落下来，然后就站在那儿了。

"即使是在晚上都能看见，那是个长着翅膀的大蜥蜴，就和报纸上描述的一模一样。

"我吓了一跳，撒腿就跑，然而它却更为敏捷，忽地一下就飞了过来，往我的嘴里塞了一个圆圆的、软乎乎的东西。这下我连叫都叫不出声来了。紧接着，它用一种类似软铅做成的金属绳子把我的头一圈圈地缠起来，遮住了我的眼睛。

"后来我才知道，塞进我嘴里的那个圆圆的东西也是同一种金属，那是地球上没有的金属。其实，我都不知道那东西究竟是不是金属。总之，那东西可以随意弯折，明明像橡胶一样有弹性，却又和铁一样结实，颜色呈银色。大概是某个遥远星球上的金属吧。飞碟也是这种金属制成的。另外，飞碟里的很多机械、工具，都是这种金属制成的。

　　"我刚意识到自己的嘴被塞住了，身子就已经腾空了。那个大蜥蜴怪把我夹在腋下，飞了起来。虽然周围太暗，看不大清，但感觉没多会儿就飞离了地面好几百米。从风刮到脸上的剧烈程度可以估计怪物飞得很快，我都快不能呼吸了。

　　"途中，它从一片闹市区的上空飞过，地下灯火辉煌，就像是河里漂着万盏河灯似的，实在是美极了，就像在飞机里俯瞰夜晚的大都会一样。

　　"大概飞了一个多小时吧，我被冰冷的寒风吹得全身都冻僵了，好像终于接近了目的地，速度开始降了下来，不久，又忽地落地站稳。接下来，又走了一段路，我的眼睛才重见天日。当时我都没发觉，自己已经在大飞碟的里面了。

　　"四周一片暗淡的银色，泛着白光。那不是电灯的光，而是某种弄不清来头的光。周边乱七八糟地摆放着一堆我在地球上从没见过的奇形怪状的东西。也许是驱动飞碟的机器吧，不过和我们所知道的机器完全不同，没有一个类似齿轮的零件，光看见一些像带子一样的东西弯曲缠绕搅在一起。而且它们的材质只有银色和透明玻璃色这两种，大概都是别的星球上的金属吧。它们都很硬，又都很有韧性，可以自由弯折，弹性很好。"

说到这儿，北村先生顿了顿，端起面前的咖啡喝了两口。没有一个人出声。他的话句句离奇，谁也插不上嘴。

— 魔法镜子 —

北村先生继续讲道。

"那时，我借着银色的光看清了那蜥蜴怪的模样，不可思议的是，它全身的轮廓竟和人类非常相似，有手有脚，还能靠双脚直立。它让我莫名地觉得，即使是在别的星球，最方便的形态恐怕还是和地球人一样的。

"然而，那怪物却有着人类永远无法匹敌的武器，就是那双巨大的翅膀。地球上的人要是不坐飞机就没法飞上天，而它却可以自己飞。不仅如此，它的手指和脚趾之间还生着能划水的蹼，看样子水性也一定很好，说不定能像鳄鱼一样，潜到水下，自由地游动！

"水、陆、空，不管在哪儿，这怪物都能自由活动。不，已经不能说它是怪物了，它简直就是一个进化程度更高的万能生物！

"它身上有着和蜥蜴一样的漂亮条纹，紫、绿、黄三色相间，就像彩虹一样。只不过，那张脸长得实在不怎么好看。用地球上的生物类比，更像是鸟类。眼睛下面没鼻子，紧接着便是嘴，又大又锋利。但是，不生尖牙也不长利齿，只长着紫色的牙床。

"它的眼睛就像伐木工说的，是蛇眼。要是被它一直盯着看，感觉就像触了电似的，全身僵硬，动弹不得。地球上的人根本没法儿想象那有多吓人！光是看见那双眼睛，一个五大三粗的伐木工就差点吓晕过去，这话绝不夸张。

"刚被关进飞碟里那会儿，我觉得那怪物实在是太恶心、太可怕，完全吓蒙了，连看都不敢看它，一直紧紧闭着眼，低头缩成一团。两三天后，我稍微习惯了，这才仔细观察它。

"后来的一个月里，我都和这个怪物生活在一起。日子久了，我慢慢习惯了它，明白它并不打算吃我，而且，它还拥有着人类无法比拟的智慧，于是，我不那么害怕它了，甚至开始觉得它那身彩虹似的蜥蜴纹路非常漂亮。"

"可是，那家伙到底为什么抓你呢？它一点儿都没伤害你吗？"

明智稍微打断了他一下。

"这正是我接下来要说的。它之所以抓我，是想学地球上人类的语言。当然，它说想学地球语言，我也只能教他日语，可是，才短短一个月，它竟然就学会了！简直聪明绝顶！只要听过一遍，它就绝不会忘记，就像有台录音机，把一字一句都清清楚楚地录在了它的脑子里似的。

"等稍微能和它交流了，我告诉它，地球上有几十个国家，大家的语言都不一样，这让它非常意外。看来，其他的星球大概都通用一种语言吧。

"说到这儿，你们肯定会认为，我一定也学会了它们的语言吧？完全不是这么一回事。虽然对方也哇啦哇啦地说自己的语言，但我却一句也听不懂。它倒是学会了日语，可它自己的语言却一点也没教我。它甚至连自己来自哪个星球都不告诉我，问多少遍也没用。还有飞碟里各种机械的秘密，它也只字不提。我要是问得急了，它就会发脾气，凶神恶煞，索性我也就放弃了。

"这下你们又该问我，明明一句也听不懂对方的语言，到底怎么教它日语了吧？要知道那里可是外星人的地盘，有非常方便的工具。我给它取名叫魔法镜子。那真是个有魔力的镜子，外表看起来，只是个像盆子一样的银色圆形金属块。可把它放在面前，就和别的镜子不同了，它不会倒映出人的脸，但拿镜子的人的所思所想却会像照片一样如实显现在这银盆的表面。也就是说，它相当于一个能把内心想法显影成照片的胶片。至于它究竟是如何实现这个功能的，我就不得而知了。总之，那一定是来自宇宙中不知哪个星球的科学技术。凭地球上的科学水平，根本无法破解，只能用魔法来定义了。

"比如，对方要是看见我穿的衣服，想知道那叫什么，只要在心里想着我的衣服就行了。这时候，和我的衣服一模一样的东西就会显现在镜子里，我看见了，就可以教它，这是'衣服'。这种教法其实用图画也可以实现，但用魔法镜子，那真是不知快了多少倍。

"我这样教了它差不多五六天，就已经可以和它进行简单的对话了。这时候，那蜥蜴男第一次说出了一句非常可怕的话：

"'你，逃跑，变成飞。'

"我想它的意思是说'你要是逃跑，就会变成飞'吧，只是这个'飞'到底是指什么呢？是不是指飞虫？它是打算用外星的魔法，把我变成一只小飞虫么？我正诧异，只见那怪人迅速地朝飞碟外飞了出去，不一会儿，便抓着一只小猴子回来了。因为它有翅膀，所以抓一只树上的猴子根本不是什么难事。

"它用我说的那种柔韧金属把小猴子绑起来防止它逃跑，然后又不知从哪儿翻出来一个掌心大小的圆球。这个东西有一头是尖的，刚好是个橡胶滴管的形状。

"蜥蜴男把尖的那头对准小猴子，再把圆的那头用力一捏，那东西也是用那种柔韧金属做的，所以自然发挥了滴管的作用，里头的某种气体冒着白烟，朝小猴子喷了过去。

"哦！那场景我光是想起来就浑身发抖！那气体实在是太可怕了！小猴子一碰到那气体，竟然一下子就消失了！而它原来待的地方，只剩下一小撮细灰。一只活生生的动物，一眨眼间，就变成一撮灰了！

"这下，我总算是明白'飞'的意思了。不是什么飞虫，而是灰！那怪人是在用实际行动告诉我，你要是敢逃跑，就像刚才那样，把你变成灰呀！"

—银色面具—

北村先生看着明智侦探的脸，继续讲述道：

"明智先生，那家伙到底为什么要学日语呢？它可是花了整一个月，认认真真地学了我们的语言呀！哦！这可真是太可怕了！那家伙肯定是有什么深不可测的企图！

"我被它囚禁了大概半个多月，那时候，日本人各种各样的服装啊、什么地方有什么东西卖啊，它都从我这儿学得差不多了。有一次它一个人出去，一去就是五六个小时。当然，在这期间，我为了从飞碟里逃出去，想尽了各种办法，可飞碟的出口就是打不开。我无计可施，只得待在原地等它回来。

"后来，它扛着一大包东西回来了。你们猜是什么？一堆衣服。两套西服，两件外套，还有一套警服和一顶警帽。我想，大概都是从东京或者横滨的哪家旧衣店里偷来的吧。

　　"那之后，它大约每隔三天就会出去一次。每次都会带回各式各样的服装，像是警卫队制服啊，劳动服啊，丝绸面料的和服啊，甚至布偶服什么的。飞碟里简直都快成了演员的服装间了。

　　"再后来，一天早上，我从飞碟里的床上醒来，发现面前竟然站着一个人！你们没听错，那个蜥蜴和蝙蝠的混血儿似的外星怪物，居然变成了一个地球人！他变了装！

　　"它把衣服的背部裁剪了一下，让它的蝙蝠翅膀刚好能露在外面。头上戴一顶礼帽一直遮到眉头，一副人类的长相，而且脸上还泛着银光。

　　"那是一张做得和人脸一模一样的银色面具，眼睛的部分剜了两个洞，怪物的一双可怕的蛇眼正打量着我。嘴上也开了一个洞，嘴角高高翘起，弯成月牙状。无论何时何地，整张面具都带着一副诡异的笑容。

"后来我才知道，这是个铁制的银色面具，不只戴在脸上，而是整个套在头上。是那个宇宙怪人自制的，用那种如钢铁般坚固又能自由弯折的宇宙金属。那金属的性质是如此奇特，能做成面具也不足为奇。那个怪人趁我没注意的时候，在巨大飞碟里的工作间完成了这顶面具。

"我望着这个衣服外头长着翅膀、带着银色面具的怪物，愣了一下，很快就明白过来，它是那个宇宙怪人乔装的，于是问它：

"'你装扮成这个模样，到底想干什么？'

"'猜不到吗？'

"对方的银色面具上，月牙形的嘴幽幽地笑着。

"'我知道了，你扮成日本人的样子，是想混进东京街头吧？你究竟想怎么样？是要去调查地球——日本的情况吗？想当间谍吗？'

"'也许吧。'

"怪人还是咧嘴笑着。

"'你恐怕不止是要当间谍，还想偷东西吧？是不是还打算抓几个地球人当俘虏，带回你们的星球啊？'

"'闭嘴！你难道就不怕变成灰吗？'

"它这么一说，我就不敢回话了。因为我立马想起了之前那个滴管里冒出的一股白烟，一瞬间就把面前的一只猴子变成了一撮灰。我可不想变成灰，所以也就没再做声。

"后来，我一直等待着时机，想方设法要从飞碟里逃出去，直到昨天早上，终于让我抓住了一个机会。怪人出去了，而飞碟还开着口。没想到那么狡猾的家伙也有疏忽。

"于是我立刻从开口爬了出来，躲进了森林里。虽然迷了路，花了一整天，总算在天黑之后逃到了山脚下。

"晚上，我在附近村民家里借住了一宿，第二天步行到电车车站，这才回到了东京。飞碟也好，怪人也好，我都没有对任何人提起过。我想这会儿它发现我逃了，肯定把飞碟转移到别的地方去了。而且，我一心只顾着逃跑了，现在要让我带路去找飞碟，我也找不着了。

"比起这个，我觉得更重要的是要赶紧回东京，去警察局报案，再通知报社，警告全日本的人，那个怪人乔装打扮，可能会在街头出现！"

北村先生漫长的讲述终于告一段落。可是，在场的人谁也没出声。这段经历实在是太可怕了，谁也不知道该说些什么。

沉默了一会儿，大侦探的助手小林少年忽然想起了什么，开口问道：

"你都吃什么呢？是怪人从别处给你弄来的么？还有，那个怪人也和我们一样，要吃饭吗？"

北村先生似乎觉得问得很有道理，点点头：

"说来奇怪，那个怪人会时不时地从一个银色的小容器里取出药片一样的东西，吃进嘴里，那就是它的食物。它也给我吃这种东西，一天只要吃个两三次，就一点儿都不会饿了。还有，它会拿些类似酒的东西给我喝。好喝极了。光是一颗药片加一点儿酒，肚子就饱了。能发明出这么方便的食物，恐怕论起科技，地球人是绝对赶不上它们了。"

这时，明智侦探平静地开口问道：

"北村先生，那个怪人长了一双翅膀，要飞到空中搜寻逃跑的你的踪迹，肯定易如反掌吧？而且，要把你抓回飞碟里去，也绝不会是什么难事。可它为什么没有这么做呢？"

"我想是因为它已经学会了日语，所以不需要我了吧。说不定，它是故意打开飞碟的出口让我逃走的。对了明智先生，它也许正希望通过我的口讲出它的事，让这个消息登上报纸，传遍全日本。它可能是想说：你们瞧，我乔装成人类，混进你们的城市里去了。有本事，你们就来抓我吧！以炫耀自己作为外星人的优越感。"

"嗯……想炫耀自己的优越感，这个想法倒很有趣。不过，要是它真是从别的星球来地球刺探情报的间谍，那肯定需要隐瞒自己乔装成人类的事实吧？正是这一点非常有意思，这里头肯定隐藏着什么重要的意义。"

明智侦探说出这番意味深长的话之后，眼神聚焦于一点。他的这番话，当时没有一个人听明白。很久之后，人们才恍然大悟，啊，原来是这么回事！真不愧是大侦探啊！

— 地 球 的 恐 慌 —

之后，明智侦探带着北村先生去了警察局，把宇宙怪人的事前前后后详细地汇报了一遍。这个特大事件通过警视总监传到内阁，甚至传到了日本首相的耳朵里，举国上下一片哗然。第二天，北村先生的经历就登上了各大报纸的头条，和战争的报道一样醒目。全日本的人都为之颤抖。

戴着银色面具，和人类穿着同样服装的怪物，已经混入了东京的某个街区。不，恐怕不止东京。那怪物可以和飞机一样飞得很快，大阪、名古屋，甚至其他城市，它可以出现在任何地方。一想到这个怪物说不定就藏在自家附近，人们就吓得汗毛直竖。

消息出来后又风平浪静了几天。可这一天，报纸上又登出了一则让人们大吃一惊的报道。

这次的事件发生在外国。据说前不久，和从银座上空飞过的飞碟一模一样的东西出现在了美国纽约市的上空。不仅如此，还有那么几个人目击到飞碟在山区着陆，从里头爬出了一个宇宙怪人，同样也是长着蝙蝠翅膀体态酷似蜥蜴的家伙。

这下不光是日本，全世界都轰动了。竟然有不明生物从外星球入侵，这可是史无前例的大事件。报纸天天都在发布相关报道，广播也总是嚷个不停，无论在哪个国家，只要是人们聚集的地方，都在热烈地讨论怪人。

要是有成千上万个飞碟铺天盖地地袭来，都在地球上着陆，从里头拥出成千上万的蜥蜴人，用那种能把动物一瞬间变成灰的可怕武器进攻地球，恐怕地球一眨眼的工夫就会被彻底毁灭。

全世界的学者在报纸和杂志上发表着各种见解。其中，有个英国学者发表了这样一篇文章。

要是地球附近的星球上有生物居住，还是金星最有可能。也许是因为金星上的生物不断繁殖，土地紧张，又或者是由于气候逐渐变冷，金星上发生了某种不利于生存的变化，于是，金星上的生物便想把气候适宜的地球变成自己的领地，毁灭人类，然后自己到地球上生活。所以，它们必须先仔细调查地球的各方面情况，摸清人类的实力究竟如何。现在，那些在美国和日本引起巨大轰动的蜥蜴人，就是被派来执行相关任务的间谍。

　　写出这篇文章的学者德高望重，于是全世界的报纸都转载了他的见解，人们读了这篇恐怖的文章，都吓得瑟瑟发抖。

　　这件事比大地震和大规模战争要可怕得多。想到那些恐怖的蜥蜴人有可能要来毁灭整个地球，全世界的人们都笼罩在巨大的恐慌之中。

又过了数日，平野君家附近又发生了一件可怕的事。

平野一郎有一个姐姐，是一名音乐学校的学生，一直被誉为小提琴天才。不仅如此，她还生得貌美如花，被周围的人们追捧。在平野君眼中，姐姐就宛如一位仙女。

这一天，平野君跟着姐姐到朋友家玩，到了傍晚，见天色不早，两人便启程回家。

附近的一带都是僻静的住宅区，在一个拐角处，有一块空地，一棵参天的老橡树犹如巨人一般伫立在那里。这棵橡树十分巨大，从很远的地方看，它总能被当作地标。

正当两人从树下经过时，平野君下意识地抬头一看，不知为何，竟呆立在原地一动不动了。

"一郎，你怎么了？这么认真，看什么呢？"

姐姐也停下脚步，一脸狐疑地问道。

"姐姐，快看，有个奇怪的东西！你瞧，就在树上。"

姐姐也抬头张望起来，很快，她也和一郎君一样，呆立在原地不动了。

确实有一个非常怪异的东西。

就在老橡树离地面十来米的一根粗枝上，有一个褐色的巨大的东西，显然不是树叶。虽然天色已晚，视线十分模糊，但怎么看那都像一个人的身影。一个穿着褐色西服的潇洒绅士，骑坐在树枝上，头戴一顶褐色的绅士帽。

"他为什么要爬到那么高的地方去呢？在那儿干什么？"

"真奇怪，看着怪吓人的，我们还是快走吧。"

"啊，姐姐，等等。那个人的头在闪闪发光呢！你看，他的脸是银色的！"

的确如此，那顶绅士帽的下面，一张银色的面孔正盯着他们看呢！而且，他正咧着月牙形的嘴，嘻嘻地笑呢！

两个人吓坏了，拔腿就跑。他们手牵着手，飞快地朝家的方向跑去。

他们气喘吁吁地跑回家，立刻就把树上有怪物的事告诉了家里人。紧接着，先是父亲跑出了家门，随后，附近听说了消息的人们也聚集了过来，人越来越多，差不多有十来个人先后朝大橡树赶了过去，北村先生的身影也在其中，大概是有人把消息告诉了他。最后，警察们也赶到了。

　　很快，大家都聚集到大橡树底下，这时候天已经完全黑了，但只要仔细看，还是能隐约看见怪物的身影。

　　"大家听我说，它就是那家伙。你们快看那张银色的脸，还有背后的翅膀……"

　　北村先生小声地说道。确实，在西服的背部，有个漆黑的长长的东西连在上面。那就是传说中的蝙蝠翅膀。

　　确认了那就是宇宙怪人，人们都不由得后退了几步。就在大家都打算逃跑的时候，树上的怪物也剧烈地晃动了一下，蝙蝠翅膀猛地打开，是那个穿西服的绅士张开了翅膀。

地上的人群里"哇"地爆发出了一阵惊恐的叫声，大家都以为那怪物就要飞过来了。

只见那怪物唰地离开枝头，扇着巨大的翅膀腾空，这时人群里又是"哇"的一声，大家都开始四下逃窜，可那怪物却没有飞落到人群里，反而朝天上飞去了。

等大家回过神来，这才停下脚步，又一次朝着漆黑的夜空望去。

哎呀！那场景实在是太不可思议了！一个头戴绅士帽、身穿西服、脚踩皮鞋的绅士，竟然张开一双黑色的大翅膀在天上飞呢！所有人都觉得自己简直是在做噩梦！要不是做梦，这个世界上怎么会有这么稀奇古怪的事儿啊？

然而，这一切又不是梦，确实有一个绅士，银色的脸庞泛着光，飞在高空。平野君的父亲、警察、北村先生，将近二十个人都把这一切看在眼里。

那怪人越飞越高，天色早已全黑，已经能看见点点星光了。那怪物穿梭于星光之间，渐渐与夜空融为一体，看不见了。

这要是白天，说不定还能追上，可在晚上，就没办法了。就连那怪人究竟朝哪个方向飞去，也毫无头绪。

这下子，本来只有伐木工和北村先生见过的宇宙怪人，被近二十个人清清楚楚地目击了。那些对北村先生的话将信将疑的人，现在也对他的话深信不疑了。戴着银色面具会飞的怪人已经出现在了东京的上空，肯定有什么可怕的事情即将发生。

之后的一个多月，发生了很多事情。其中的一件，就是银座的大百货商场楼顶的怪事。

一天黄昏，商场的少年社员水谷君一个人去楼顶的热带植物温室办事，此时商场已经关门，宽敞的楼顶空空荡荡，一个人也没有。

在温室里办完事，走出玻璃房，水谷君忽然一脸惊讶地停住了脚步。

本以为空无一人的宽敞楼顶的一个角落里，好像站着一个黑乎乎的东西，看上去好像是个人。

仔细一看，那个黑乎乎的人影竟朝这边走了过来。

他身穿一件深灰色外套，同颜色的绅士帽压得很低。那时四周已经几近全黑，这个深灰色的人影就像幽灵似的，看上去若隐若现。

随着身影慢慢靠近，那绅士帽下的脸庞逐渐清晰起来——简直就像抹了腻子，惨白惨白的……不对，也不是惨白，而是泛着光。

水谷君吓得浑身的汗毛都竖起来了，拼命地忍，才总算没有惊叫出来。

男人的脸泛着银光！啊！这银色的脸，难道还有别人长成这模样么？肯定是那家伙！那个戴着银色面具的蜥蜴男！外星怪物！

水谷君此刻就像一只被花猫盯上的小老鼠似的，动弹不得。

那怪人已经来到二十米开外的地方。它那银色面具上，像月牙似的漆黑的嘴角直咧到耳根，笑容十分诡异。一股难以形容的腥臭味迎面飘来。

"你，知道，我是谁吧？知道吧？"

一个不同于人类的奇怪声音传了过来。

"你，在颤抖。害怕吗？别担心，我，什么都不会做。"

水谷君觉得自己都快要窒息了。

"去告诉，商店的人，说你在这里，看到我了。告诉，所有人。知道了吗……好了，快去吧。"

怪人说到这儿，猛地推了一把水谷君的肩。虽然力量并不大，但浑身已如岩石般僵硬的少年，竟往后一仰，摔倒在地，连逃跑的力气都没了，就那么躺着，好像死了似的。

"哈哈哈哈……"

怪人怪笑了起来，轻轻脱下了外套，露出了巨大的蝙蝠翅膀，啪地张开，一眨眼工夫，怪人已经悬在半空了。

它起飞的情景实在太恐怖，吓得水谷君咕噜噜又摔了两三下。而且，似乎还有一种嗡嗡嗡的奇怪声响。

长着翅膀的怪人眼看着就要飞上高空，简直就像魔鬼升天。没多久，那深灰色的身影就融入了暮色，再也看不见了。

过了好一会儿，水谷君总算是回过神来，赶紧下楼，向上司报告了这件事。整个商场都炸了锅，连忙通知警察，但一切已经晚了。已经消失在空中的怪物，根本无法追踪。

这件事发生之后，那怪物在东京各地频频现身，最后必然逃入空中，每一次都是黄昏时分，出现在一些令人意想不到的奇怪地方：有一次是黄昏时的天空为背景，坐在高高的烟囱上；有一次是潜伏于隅田川上的客船角落里；还有一次，是一手托着侧脸，横躺在后乐园棒球场的比分牌上。

这个怪人，到底为什么要这么做呢？报纸大肆报道了这些事件，登载了各种人的意见。其中最常见的说法是："那怪人大概是想吓唬东京的人们，所以故意把自己暴露在大家面前的吧？"

然而，渐渐地，人们发现这个怪人的目的不仅仅是抛头露面。因为在美国和日本，发生了几起严重的事件。

一天，东京国立博物馆里，最珍贵的国宝佛像忽然不知去向。更糟糕的是，著名学者——博物馆的馆长也随着佛像一起消失无踪了。警察们尽全力搜索，一直都没能找到佛像和馆长的踪迹。

另一方面，在美国，纽约的一家大医院里最为先进的机器和身为外科主任的一位世界闻名的博士一起失踪了。同样，警察用尽一切手段，也没能找到蛛丝马迹。

全世界的报纸都在报道这两起重大案件，一定都是那个怪物搞的鬼，连人带物地把他们都掳走了。

要是那个星际间谍打算将地球上最先进的医疗器械和优雅的美术品偷走，带回它们的星球，陈列在外星博物馆里的话，倒也可以理解。但是，连人也一块儿掳走，又是为什么呢？难道是想把地球人带回去，关进外星动物园的笼子里，然后再从这些学者口中问出各种信息，看看地球人的知识文明究竟发展到何种程度？

又过了些日子，这一次，轮到这个故事里最先登场的平野君倒霉了。那蜥蜴怪人长了蹼的邪恶之手，开始伸向孩子们了。

—绿色的手—

自从博物馆馆长失踪后，大侦探明智小五郎就忙得不可开交，几乎所有的时间都在帮警察调查这个大案子。

因为美国和日本发生了相同的飞碟事件，美国警方派了数名探员乘飞机赶到了东京，而日本的警官们也飞赴美国，双方打算协作调查，互通信息，一同追捕这个外星怪物。而明智侦探就时常被邀请加入他们的讨论，提供一些意见和建议。因此，他最近待在侦探事务所的时间简直少之又少。

一天，明智侦探叫来助手小林芳雄，对他说道：

"我因为博物馆的事件，实在是忙得抽不出身来，可是对那个叫平野的少年，又总觉得有些不放心。那孩子有个天才小提琴手姐姐吧？你得帮我多留意一下平野君和他的姐姐。你可以每天都去他家玩一会儿，留心观察观察有没有什么怪事发生。这段时间，你只要把这件事办好就行。拜托了。"

那天以后，小林每天都会去平野君家玩，一天也不落下。而平野君也挺喜欢小林君的，每天放学回来，都盼着小林君来家里，一起聊聊天，做做理科小实验什么的。邻居北村先生也时不时会过来，讲些有趣的见闻给两个孩子听。这位北村先生，就是那位被关在丹泽山飞碟里一个多月的青年。所以，他所讲的见闻，自然是关于宇宙怪人的事了。两个少年听得如痴如醉，兴奋得胸口怦怦直跳。

平野君的姐姐佑理香小姐很快就要从音乐学校毕业了。现在学校正值假期，所以她整天都在家里。小林君过来玩的时候，她偶尔会把他和弟弟一块叫到自己房里拉小提琴给他们听。小林君和这位佑理香小姐也很快成了朋友。

平野君本就是个眉清目秀的孩子，他的姐姐更是貌美如花，小林君从没见过长得这么漂亮的人，甚至都不好意思直视她的脸庞。这位美丽的佑理香小姐一拉起小提琴，小林君就觉得自己仿佛被带入了美妙的梦境中，飘飘悠悠地，乘着五彩云霞在空中畅游。那感觉，真是妙不可言。

　　这样的快乐时光持续了大约一周。直到一天傍晚，小林君看到了十分可怕的一幕——一个恶魔隐约出现在昏暗的余晖之中，企图掳走一个美丽的猎物。

　　这天傍晚，听过佑理香小姐的小提琴演奏，享用了美味的点心，小林君和平野君道了别，走出他家的大门。

　　这时天色已经暗了下来，但也没完全入夜，四周一片昏暗混沌。这附近全都是一座座宽敞的大宅子，街道两侧尽是高高的篱笆和水泥围墙，安静得仿佛沉入了海底深处。

　　小林君刚一跨出门槛，就发现一个男人紧贴着平野君家的围墙，站在门口，活像个壁虎似的，整个身子都紧紧趴在围墙上。

小林君心想"这人可真奇怪"，原地站定，观察了他一会儿，不料那男人也发现了小林君，似乎吃了一惊，迅速转身逃走了。实在是可疑。

小林君故意留了一段距离，悄悄地跟在了那个男人的后面。因为周围很暗，就连彼此的身影都难以分辨，即使是被跟踪，也很难发现。

那个男人身穿一件宽大的深灰色外套，戴着一顶深灰色的绅士帽。不知他有没有注意到小林君的跟踪，头也不回，走得飞快。

两人一前一后地走了一阵，一侧的围墙到了尽头，眼前出现了一块宽敞的空地。空地的中间，伫立着一棵老橡树，繁密的枝叶几乎遮住了天。这时的小林君还没注意到，某一天夜里，身穿褐色西服的蜥蜴怪人，正是坐在这棵树的高枝上。

只见穿着深灰色大衣的男人朝那棵橡树走了过去，一眨眼的工夫，竟然消失了踪影。小林君猜测他也许是躲到橡树背后去了，于是小心翼翼地靠了过去。

这片空地的角落上亮着一盏街灯，微微照亮了老橡树凹凸不平的粗壮树干。小林走到橡树跟前，心想那个男人一定就躲在树干背后，于是蹑手蹑脚地绕过树干，朝后面望去。

只见那个男人就像在捉迷藏似的，紧贴着树干躲在后头，他好像算准了小林君偷看他的时机似的，忽地把脸转了过来。

啊！这张脸！

小林君感觉自己的头发仿佛都竖了起来。

这是一张银色的脸庞。眼睛仿佛两个黑洞，嘴咧成新月形，笑得诡异，而且从那诡异的嘴里，传出一阵不属于人类腔调的奇怪声音。

"你，小林太郎，我认识你，明智侦探的徒弟，对吧？"

小林君吓坏了，舌头好像哽住了喉头，一点声音也发不出来。

"我还知道，北村去明智那里，都说了什么。我什么都知道，我比地球上的人类聪明一百倍，你知道吧……不过，你挺可爱的。"

那怪物说到这里，忽然伸出了右手，摸了摸小林君的脸蛋。

啊！他的手！

这是一双比青蛙的手大了好多倍，长着蹼的绿色的手，冰凉冰凉，又滑又腻，好像还泛着一股腥臭恶心的味道。

"你在发抖啊，害怕吗？别怕，我什么也不会做，不会把你怎么样的……再见，再见。"

说罢，怪物一抬腿，踩着橡树干上分叉的地方爬了上去，不一会儿就爬进枝叶里，不见了。

又过了一会儿，树上更高的地方哗啦哗啦响了起来，紧接着刮起了一阵可怕的大风。那怪人脱去大衣，张开那双蝙蝠翅膀，准备起飞。

这时候，小林君才回过神来，离开树干后退了几步，朝昏暗的天空中望去。

那宇宙怪人在空中张开巨大的翅膀，飞了起来，还伴随着一阵嗡嗡的奇怪声响。接着，眼看怪人的身影越来越小，最后融入了昏暗的夜空中。

经验丰富的小林团长也是头一回遇上这么可怕的事。倘若是个人类，不管多么凶恶，他都不会害怕。可是这回的这个家伙，不是人呀！它是个比人类聪明百倍、能在空中自由飞翔的怪物！小林君不禁长舒一口气，原地瘫坐了下来。

就算是大侦探明智小五郎，面对这样的怪物，恐怕也束手无策吧。少年小林君自然是一点儿办法也没有了。

小林君跟踪怪人的两天后，又发生了一件可怕的事。

这一天，天刚黑不久，平野一郎想起白天在院子里和北村先生玩棒球，把棒球手套落在院子里了，于是不顾天黑，摸索着捡回了手套。急急忙忙正要回屋，忽然，他发现院子的另一头似乎蜷缩着一个黑色的影子。

那个位置，刚好就在姐姐房间外面不远处。那个奇怪的黑影就潜伏在拉上窗帘的玻璃窗下面。

"奇怪，这附近应该没人养这么大的一条狗啊。"

平野君心里琢磨着，悄悄地走了过去。

屋里传出一阵阵优美的小提琴声，那是姐姐佑理香正在演奏。那个漆黑的影子，看上去似乎正歪着头，静静地欣赏着小提琴优美的旋律。

那是一个人。不知是谁翻过围墙进了院子，说不定是小偷！平野君有些害怕了，站住了脚，一动不动地盯着那个可疑的家伙。

只见那个黑影忽然站了起来，竟然迈着像机器人一样诡异的步子，一步一步朝平野君走过来了！

平野君就像被花猫盯上的老鼠，浑身发软，动弹不得，眼睛睁得大大的，好像石化了似的，定定地站在原地。

那可疑的家伙在黑暗中步步逼近，身影也随着逐渐靠近的脚步显得越来越大。

忽然，他的脸上闪过一道寒光。

平野君吓得脊背发凉，仿佛被淋了一桶冰水……是宇宙怪人！宇宙怪人偷偷爬进了他家院子，此时就站在他的面前！

"你的名字，平野，一郎，对吧？你的姐姐，平野，佑理香，对吧？佑理香，音乐，很美，很动人，太棒了，我，每天晚上，来这里，听。"

天哪！这么说来，不仅仅是今晚，很多天前，这怪物就开始每天晚上偷偷潜到姐姐的房间外面？

平野君开始担心起姐姐来。这个蜥蜴男究竟想对姐姐做什么？想到这儿，平野君的心中忽然升起了一股前所未有的勇气。

"你这家伙，究竟想对我姐姐怎么样？"不知不觉，这句话便脱口而出。

"我要带她，去我的星球，然后，让星球上的人，听美丽的，地球音乐。"

怪物说罢，从银色面具上那月牙形的嘴中传出来嘿嘿两声。

"我一定，要带她回去。告诉你的姐姐，我的星球，可美了，你也，想去吗？嘿嘿嘿……再见，再见。"

　　自顾自地说完，怪物一转身，便跑进了院子的小树丛中。不一会儿，便传来了它起飞时的嗡嗡声。

—外 星 魔 法—

平野君听见嗡嗡声，过了好一会儿才恢复了力气，能动了。这之前，他被吓得浑身像石头一样僵硬，无法动弹。

平野君径直跑回了屋里，把刚才发生的事全都告诉了父亲。刚好小林和邻居北村先生也来了，大家都听了平野的遭遇。不过，大家决定暂时不告诉佑理香小姐。这件事太可怕了，要是把她吓出病来，那可不得了。

小林芳雄立刻给明智侦探打了电话，告知他事情的原委。于是，四十来分钟后，屋外传来汽车停下的声音，紧接着明智侦探、警视厅的中村搜查组长和其他五位便衣刑警一行人浩浩荡荡地进了屋。

小林君和平野君拿着手电筒照明，引着明智侦探一行人来到宇宙怪人现身的院子里。刑警们也纷纷打开手电筒，从佑理香小姐的房间外开始搜查，院子深处，树丛里，不留一个死角。但由于最近一直是晴天，并没有留下什么明显的脚印，也没发现什么其他线索。

　　这时，中村组长命令那五位刑警对平野君家的周边严加监视，随后便和明智侦探一起走进了客厅，与平野君的父亲和北村先生聊了起来。

　　"不管怎么说，那家伙能从空中逃走，事到如今也没法追踪了。总之，我先派五个刑警，昼夜在您家附近巡逻监视。我会让他们轮流当班，保证附近有五人以上。要是还不够的话，我会派十个人，甚至二十个人过来。"

　　中村组长的话令人十分安心。

　　"有必要让佑理香藏到更安全的地方去吗？我总觉得那家伙马上就会来掳走她似的，实在是令人寝食难安……"

平野君的父亲面色苍白，说话时微微发抖。中村组长安慰平野君的父亲道：

"这个我也想过。只要让令爱住进一间没有窗户的隐蔽房间，大家合力保护她，那家伙再神通广大，总不至于把屋顶掀了闯进来吧？不用太过担心。加上您家周围有刑警们严加监视，刑警们都持有手枪，我允许他们一旦发现怪人，可以直接击毙。"

"明智先生，我是这么想的。"北村青年开了口。

北村先生毕竟被关在飞碟里和宇宙怪人朝夕相处了一个多月，对这起案件自然是格外热心。

"那家伙既然都抓了博物馆长，企图关进外星动物园的笼子里展览，我们要是把它抓了，不如也关进上野动物园的笼子里好了。最好设计一个牢固的大陷阱来抓它，比如巨大的铁丝网什么的，把捕鼠器放大个一百倍……"

北村先生的意见十分大胆。但是仔细一想，如果不这么做，要想抓住那个蝙蝠和蜥蜴混种的怪物，到底还是十分困难。

"要是用手枪把它击毙了，就没法对它进行审问了。倒不如活捉了它，关进笼子里审问它，究竟来自哪个星球，来地球做什么，外星上都有什么动植物，科学发展到什么程度，等等，这样还能拓宽地球人的知识，肯定有意义多了。所以我们不能杀死怪人，而应该活捉它。"

明智侦探和中村组长交换了一下眼神，若有所思地说道：

"关于这些，我们也商议了好几次，设置一个巨大的陷阱，这个想法的确有趣。但对方毕竟是外星来客，拥有我们无法想象的知识和力量。不管设置多么牢固的陷阱，说不定那家伙还是能逃跑。"

后来警察们还是采用了北村先生的意见，准备了一个将捕鼠器放大了几百倍的巨大陷阱。

然而，做的并不是铁丝笼子，而是更加实用，更加坚固的东西。

大家正商量到此处，忽然从远方传来"啊"的一声惨叫。大家吃了一惊，相互望了望。

　　"啊！是佑理香的声音！那孩子也许出事了！"

　　平野君的父亲说完，便慌慌忙忙跑到了屋外。

　　不久，从外面传来平野君父亲的高声叫喊：

　　"大家快来呀！不好了！佑理香！佑理香她……"

　　就在刚才，佑理香匆忙跑进了面朝院子的那间她自己的房间。此前，她的妈妈对她说："今天晚上，你就待在最里面的屋子别出来。"之后便不由分说地拉着她进了最里面的屋子。她听话地在屋里待了一阵，却想起心爱的小提琴还放在自己房间里没收拾，有些放心不下，于是悄悄走出里屋，回到了自己的房间。

　　佑理香小姐还不知道宇宙怪人出现在院子里的事。大家怕吓着她，所以都没告诉她。怪人在院子里和平野君说话的时候，她房间的窗帘是拉上的，加上她那时正专心练琴，所以对院子里发生的一切一无所知。

就在佑理香小姐回到房间，把小提琴收进琴盒放回书箱上的时候，忽然产生了一种说不出来的感觉，好像有什么人正一直盯着她，让她心里发毛。

佑理香小姐不安地望了望四周，可房间里没有别人，就连敞开的房门对面也没有一个人影。

最后佑理香小姐的目光落在了窗帘上。然后，就再也挪不开脚了。

"哦！就是那儿！有人就在这窗帘后面的窗户外面，正盯着我看呢，一定是这样！"

佑理香开始紧张了起来，可她是个倔强的姑娘，所以也没逃跑，而是几步走到窗前，猛地拉开了窗帘。

窗外的夜色正浓，就在这浓浓的夜色里，有一团白色的东西悬空飘着。那东西白得异常，就像涂了一层白粉。不对，也不全是白，而是微微发着银色的光。

黑洞洞的眼睛，月牙似的朝两边咧开的嘴……是宇宙怪人！就在四五十分钟前发出一阵嗡嗡声从空中逃走的怪物，神不知鬼不觉地，又回来了！

那张银色的脸就这么幽幽地飘到了窗前，轻轻地贴在了窗玻璃上，发出咔嗒咔嗒的声响。

佑理香和那银色面具隔窗面对面，它表情像是在笑，但又很是怪异。很长一段时间，他们就那么诡异地对视。

突然，佑理香"啊——"地大叫一声，当场瘫软在地，昏了过去。

听见佑理香的惨叫声，父亲立刻赶了过去，紧接着，明智侦探和中村组长也赶到了。

众人四下检查，确认走廊和房间都没有什么可疑之处后，明智大步走到窗前，猛地推开了玻璃窗。

什么人也没有。刚才的银色面具，此时已经不知去向了。

中村组长从窗口探出去半个身子，喊了一位刑警的名字，从漆黑的院子另一头随即传来一阵奔跑声，两位刑警来到了窗户跟前。组长急促地问道：

"刚才，屋子里的小姐在这里看到了什么东西，吓晕过去了。怎么会有可疑人物跑进院子里来了呢？你们都没注意到吗？"

"我们两个躲在那边的灌木丛里，一直都在监视着整栋房子，并没发现什么可疑的迹象。"

两位刑警异口同声地回答。这时，平野先生高声嚷道：

"明智先生，佑理香刚刚醒过来，说在窗户外面看见了银色面具。它应该没跑远，快去附近找！"

"赶快集合所有人，在院子里进行搜查！"

中村组长一声令下，一名刑警立刻"哔哔——"吹起了口哨。

很快，院落围墙外和房屋外围的刑警们都赶了过来。五个人迅速分头行动，纷纷打开手电筒，把整个院子里里外外搜了个遍，别说可疑的人物，就连个影子也没见着。

太不可思议了。从佑理香发出惨叫到所有人赶到现场，明明不到一分钟，而且院子里还有两个刑警监视着。不管它是用脚跑还是用翅膀飞，怪人逃离现场的时候，怎么会谁都没看到呢？

难道是佑理香小姐产生幻觉了？

不对不对，这绝不可能。坚强勇敢的佑理香小姐不可能无端认为自己看到了根本不可能看到的东西。

那么，这一切到底是怎么一回事呢？莫不是那外星的怪物会使用地球人无法想象的魔法，能在一瞬间就把自己的身体变透明吗？

当天晚上，将佑理香小姐安顿在里屋睡下之后，平野一郎和父亲、母亲还有小林君一步也没有离开房间，一直守着她。五名刑警也分别回到自己的岗位，睁大眼睛，加倍小心监视。

明智侦探、中村组长和北村先生回到客厅里，又商量了起来。

"看来那家伙的目标是佑理香小姐。明确了这一点，我们行动起来反而更加方便了。换言之，我们只要在佑理香小姐的身边设下陷阱，等着它上钩就好了。那家伙肯定还会找上门来的。"

北村依然坚持着由他提出的陷阱计划。

"但是，我们怎么做得出大到能抓住宇宙怪人的捕鼠器呢？有没有什么更好的办法？"

中村组长歪着头思索起来。

"不用铁丝网，用水泥如何？我们造一个水泥的陷阱吧！"

北村先生提出了一个奇怪的主意。

"嗯……水泥陷阱啊……要是用水泥做陷阱，倒是不用怕他逃跑了。但相对的，肯定很快会被他发现的。要设陷阱，必须令对方毫无察觉才行。"

中村组长说着，脸上露出犹疑之色。

"不，其实我有一个妙计。要说水泥造的仓库，到处都能找到。只要把仓库里的东西搬空，放一把椅子和一张桌子就行。也就是说，把这个仓库布置成一个普通的房间就好。然后，让佑理香小姐在里头暂住上几天。"

"嗯，原来如此，你还真是会出些令人意想不到的主意啊。这么说，这个仓库就是你说的陷阱？"

中村一脸惊讶地望着北村青年。

那么，各位读者，你们猜猜，北村究竟想出了一个什么样的陷阱呢？还有，要是警视厅赞成他的想法，真的准备了这么一个陷阱，那个宇宙怪人是否会落网呢？

这可是北村和蜥蜴男的斗智斗勇，我们的故事变得更加奇妙了。话说回来，我们的大侦探明智小五郎又是怎么想的呢？到现在为止，他似乎什么也没做，只是默默地观察着众人的一举一动。这里面，是不是另有玄机呢？

—巨大的捕鼠器—

对北村青年设想的"巨大的捕鼠器",警方也表示认可,并准备付诸实施。它是这样的:

距离平野君家大约一公里的地方,有一个小广场,在广场的中央,有一个烧焦的废弃仓库孤零零地立在那里。警察把它租来,在里面装上电灯,摆上桌椅和床,改造成一间能住人的房间。不仅如此,他们还在仓库的入口处设置了一个巧妙的机关。究竟是个什么机关?我们很快就会知道了。

万事俱备,平野佑理香小姐终于要一个人住进这间仓库了。这一天,佑理香小姐悄悄地坐着汽车,搬了进去。这之后,她每天都在仓库里拉小提琴。

广场一边的角落上有一栋小小的公寓。就在佑理香小姐搬进仓库的当天，一个男人在这个公寓的二楼租了一间房子。

那人大约三十来岁，看起来像个公司职员，但也没见他平时去公司上班，成天就把自己关在房间里，透过窗帘的缝隙，偷偷地望着广场的方向。

这扇窗户刚好正对着佑理香小姐暂住的仓库的入口，所以只要有人从仓库进出，一眼就能看见。

这个男人不仅用肉眼瞧，有时还会拿一副双筒望远镜凑到眼前，透过窗帘的缝隙偷看对面。

还不止如此。这个房间里还放着一台满是按钮的机器，表面看上去就像是个电子操纵台。这个男人时不时会去按这些按钮。按钮上贴着各式各样的小纸条，写着"音乐""电灯""瓦斯"等等莫名其妙的词语。

此外，这里还时常会有人偷偷来访，有时是大人，有时是少年。而这个少年，正是明智侦探的助手小林君。

只见小林君在用某种暗号似的特别节奏"咚咚咚"地敲响房门后走了进去，凑到男人身边，悄声说：

"还没来吗？"

那个男人也小声回答道：

"还没呢。那家伙再嚣张，也不会在大白天出现的。今晚他肯定会来的，但愿他能乖乖上钩。"

"晚上也看得清么？没问题？"

"能看清。毕竟在仓库入口装了电灯嘛。何况这副望远镜的镜片很明亮，看得一清二楚。"

这下你们应该猜到了吧？这个奇怪的男人，其实是警视厅的一名得力警官，专门负责监视为了抓捕宇宙怪人而设下的巨大水泥陷阱。

那么，这天夜里，到底发生了什么事呢？那个怪物，究竟有没有被这个陷阱给抓住呢？

不过，我们不知道的事还多着呢。比如，仓库的入口究竟藏了怎样的机关？警官租住的房间里的电子操纵台，到底是做什么用的呢？那些写着"音乐""瓦斯"的按钮，又意味着什么呢？

还有更令人担心的事情。要是那怪人被陷阱给关起来了，佑理香小姐会怎么样呢？让佑理香小姐逃走，只把怪人一个人关起来，这真的能实现吗？就算真能实现，佑理香小姐也一定会被吓坏的。佑理香小姐和她的父亲，又为什么会同意一个这么危险的计划呢？

现在，我们来看看当天晚上的情形。果不其然，那怪人不知从哪儿来到了这个小广场上，穿着惯常的外套，戴着绅士帽和银色面具。

从那栋水泥仓库里，隐隐地流淌出佑理香小姐演奏的优美琴声。怪人仿佛被琴声吸引着，偷偷绕到仓库的背面。

在仓库的背面，有一扇装着铁栏杆的小窗户。怪人审视四周的状况，便纵身一跃，一把抓住了窗户上的铁栏杆，朝里面望去。

仓库里，点着一盏青蓝灯罩的台灯，光线昏暗。桌子的另一头，佑理香小姐正专心致志地拉着她的小提琴。

怪人那张诡异的银色脸庞，紧贴着窗户上的铁栏杆，一动不动地紧盯着佑理香小姐的身影。而佑理香小姐却丝毫没有察觉。

不一会儿，怪人松开窗户回到地面上，用它那一贯僵直的动作，缓慢地绕到了仓库的正面。

仓库的正面有两扇厚重的铁门，紧紧闭着。怪人来到门前，查看了一下门上的锁，发现并没有上锁，便伸出手，把门拉开两厘米左右的缝隙，往里瞧了起来。

而此时佑理香小姐脸朝另一个方向，自顾自拉着她的小提琴，丝毫不知道入口处的大门已经被拉开了一条缝。

渐渐的，门扉越开越大。怪人十分小心，一点一点地拉着它。

花了很长时间，两扇门中的一扇总算是完全打开了。怪人悄无声息地摸进了门里。

就在这时，忽然响起了一阵"咔嚓！嘭！"的骇人声音，有什么东西从头顶上掉下来了。

怪人吃了一惊，转过身来。只见入口处已经被一排牢固的铁栅栏堵得死死的。

这样一来，怪人就成了瓮中之鳖。被这个巨大的捕鼠器困住，就算它有再厉害的魔法，恐怕也插翅难逃了。

然而，被关住的可不止怪人一个。佑理香小姐还在仓库里。即使是这时，她仍然面朝另一方，一动也不动。

怪人终于意识到自己出不去了，于是猛地转过身来，狠狠瞪了佑理香小姐一眼，随后忽地张开双手，朝着她猛扑过去。

哦！这下究竟要怎么办呢？难道是警察们太想抓住怪人了，所以打算牺牲这位美丽的小姐吗？莫非佑理香小姐就要这么白白被怪物杀掉了吗？

怎么可以允许这么残忍的事情发生呢？

— 毒 气 —

在这座公寓二楼的房间里，刑警一直举着双筒望远镜，透过窗帘的缝隙监视着对面的一举一动。仓库前装了电灯，所以怪人的每一个动作都能看得一清二楚。

铁栅栏落下的声音这边也能听见，而且还能清清楚楚地看到怪人站在里头，用它那可怕的怪力，拼命地摇晃着铁栅栏。然而，那厚重的铁栅栏却纹丝不动。

不一会儿，怪人忽然猛地转身，朝着仓库里面冲了进去。不用想，它肯定是朝佑理香小姐扑过去了。可是从这里却看不真切，仓库里头太暗了，加之门口的墙壁又遮挡了视线，佑理香小姐的桌子附近就成了盲区。

"逮住它了!"

刑警放下望远镜自言自语道。除非它能打破铁栅栏，否则它无处可逃。虽说仓库也有小窗，但都装着粗重的铁栏杆，就算它是个怪物，也没有那么大力气把它折断。

刑警迅速来到电子操纵台跟前，用力按下贴着"警铃"字样的按钮。于是，房间外面"叮铃铃铃铃——"地响起了尖锐的警铃声，响彻了整个小广场。

看来，这应该是个信号。藏在小广场四周阴暗角落里的五个男人随即现身，朝水泥仓库跑了过去。两个人朝向正面入口，另外三个则赶往仓库的其余三个方向。

这是为了守住入口和其余三扇窗户门。就连窗户上都事先装上了可以从外面关上的结实铁门。

等这五个人锁上仓库的大门和窗门，朝二楼的房间赶过去时，那里已经集合了一大群人。他们全都是刚才在其他房间里待命的警察，包括搜查科长和两名组长，其中的一位是我们熟悉的中村组长，另一位，则是前来增援的佐藤组长。随后，北村和小林君也赶到了，只是不知为什么，不见明智侦探的身影。

这时，负责锁紧仓库门窗的五名刑警大步跨进了房间，向在场的人报告：仓库的所有门窗都已经完全封锁了。

"现在，要不要按下按钮？"

在电子操纵台前的刑警环视几位上级警官，轻声问道。

只见中村组长凑到搜查科长的耳边，轻声说了几句，科长重重地点了点头。见此情景，警长大声地命令道：

"好，按吧。"

于是，刑警重重地按下那个贴着"瓦斯"字样的按钮。

佐藤组长今晚是头一次来支援这次的案件，他一脸茫然地戳了戳中村组长问道：

"那个按钮是干什么用的？"

"放催眠瓦斯。"

"催眠瓦斯？"

中村组长微微一笑：

"对了，你还什么都没听说吧？那个按钮可以往仓库里释放某种有毒气体。在仓库的地板下面，我们设置了毒气喷射装置。只要一按下按钮，那些气体就会顺着铅管，以迅雷不及掩耳之势充满整个仓库。"

"你们不是要杀死那家伙吧？"

"当然不，要是杀了它就前功尽弃了。只是让它睡着而已，所以释放的是催眠气体。"

"那么，请来当诱饵的小姐岂不是会和它一块睡着？等等，就不怕在催眠瓦斯生效之前，那家伙对小姐下毒手吗？"

"哈哈哈……原来这个你也不知道啊？小姐不会有事的，我们绝不会让她受到伤害的，"中村组长若无其事地回答道，"你不是喜欢钓鱼吗？钓鱼不是会用到一种做得和小虫子一模一样的假饵吗？就和那个差不多，仓库里的那个人不是真正的佑理香小姐。"

"可是，就算是个替身，也还是个活人啊……"

"不，那不是活人，是人偶。它依靠电力运转，只有手指和头可动，也就是说，它是个机器人。喏，你瞧，这些按钮里头有的不是写着'音乐''电灯'吗？'音乐'按钮是让那个机器人拉小提琴用的。当然，也不是真的拉，音乐是录在唱片里的。桌子下面藏着一个留声机，里面装着佑理香小姐的小提琴唱片，只要一按按钮，它就会开始播放。这些机关的电线全都埋在地下，谁都不会发现。至于'电灯'按钮，自然是开关仓库里的电灯用的。"

"哦——原来是这么回事。怪不得大家都面不改色。你们这个主意想得还真不错啊！"

佐藤组长由衷感慨。

"这些机关，全都是这位北村君的主意。北村君是个很优秀的科学家，多亏他帮我们想出了这个异想天开的巧妙圈套。"

这下子，谜团全都解开了。真正的佑理香小姐早已被藏到了一个安全的地方。而那个怪人被假人欺骗，最后落入了圈套。这次，北村可是立了大功。

聊着聊着，时间很快就过去了。

想必毒气已经发挥功效了吧。

这时，搜查科长下达命令，中村组长带着一位刑警，准备去仓库里查看状况。

两个人走出公寓，穿过小广场，走到仓库入口处，铆足力气，将两扇大门猛地拉开，然后迅速退到远处，以免吸入毒气。

铁栅栏依旧关得紧紧的，仓库里悄无声息，感觉不到任何人的存在。那怪人大概睡得正沉吧。

二人瞅准时机靠近铁栅栏，朝里面望去。只见佑理香小姐的人偶横躺在桌前。

可是，哪里都不见怪人的影子。

"奇怪，是不是躲在桌子背后？我们去后面的窗户看看。"

两个人小声商量了几句，便动身绕到了仓库的背后。那里放着一个小梯子，是刚才为了关上窗户而留在那儿的。刑警把它搭好爬上去，打开了窗户上的铁门。

"里面什么人也没有。这是怎么回事？没有别的地方可以藏了呀。"

中村组长换下了那名刑警，也往里面望了望，那名刑警说得没错，不见怪物的踪影。

"你赶紧去把科长还有大家叫过来！看来情况有些不妙，说不定，那家伙又使了什么魔法逃跑了！"

听了组长的吩咐，那名刑警立刻跑了出去。

没过一会儿，在公寓房间里的所有人都集合到仓库前面。

在科长的指挥下，刑警们打开了剩下的两扇窗户，分别朝里望去，果然也没发现怪物的身影。

于是，大家简短地商议了片刻，决定进仓库里面看看。一名刑警跑回公寓二楼的房间里，按下按钮升起了铁栅栏，科长和两位组长为了谨慎起见，果断地掏出手枪握在手里，走进敞开的大门。

刑警们把仓库的四面八方包围起来，以防万一。

进入仓库的三个人，把仓库的所有角落都搜了个遍，连怪人的影子都没有发现。

"这个仓库的屋顶是水泥造的，地板下面也垫了水泥层，窗户上的铁栏杆也毫无破损，何况外面还装了铁门，应该连只老鼠也跑不掉才对啊。这太不可思议了。"

科长一脸难以置信的表情，喃喃自语。

"看来又是用了外星的魔法吧。说不定，那家伙的身体就像橡胶一样，可以拉伸成扁平状，从门缝里钻出去了吧？"

中村组长的说法有些异想天开，就算是天界的妖魔，也无法把身体拉伸到那么薄，从门缝里钻出去。

这件事情一定是另有玄机。怪人肯定用了什么巧妙的手段，瞒过了所有人的眼睛。

不过，从仓库里逃出去的怪人，又去了哪里呢？是不是又飞到空中去了呢？这倒没什么，怕就怕它发现了真正的佑理香小姐的藏身之所，并且偷偷潜入，那可就遭啦！

三人猛然想到这一点，望着彼此，不约而同地倒吸一口凉气。

"我现在很担心佑理香小姐的安危，快打个电话过去问问，我们也赶紧过去吧！"

中村组长留下这句话，便急急忙忙朝仓库的外面跑去。可是，现在打电话还来得及吗？要是按下毒气按钮之前怪人就已经逃走了，那已经过去相当长一段时间了。

弄不好，那个美丽的天才少女此时正被怪物夹在腋下，不知将被带往何方。

一可疑的影子一

　　这里是佑理香小姐的家，佑理香小姐被父亲和亲戚家的一名青年保护着，藏在家里最隐蔽的房间里。

　　这会儿，宇宙怪人正好刚从水泥仓库里逃出来。天色已晚，路灯刚刚点亮。佑理香坐在一间二十来平方米的日式房间里，拉门和拉窗都关得紧紧的。她的脸虽因恐惧而略显苍白，却依然如天使一般惹人怜爱。三个"保镖"把她团团围在中间，分别是她的父亲、弟弟一郎君和亲戚家的青年。

　　这位青年在平野君父亲的公司里就职，拥有柔道三段的好身手。今天，他为了保护佑理香小姐，已经准备好住在他们家了。从刚才起，他就一直在讲些颇为有趣的冒险故事，安慰着佑理香小姐不安的情绪。

"叔叔你真厉害！有叔叔在，就算那家伙找到这儿来，也不用担心了……"

一郎君听着故事，不知不觉就说了一句不该说的话。本来大家说好的，在佑理香小姐面前，不能提起宇宙怪人。

"绝对不会有问题的。佑理香小姐，你一点儿也不用怕。况且，那家伙这会儿说不定已经被关在水泥仓库里了。"

没办法，那位青年也只有接了这么一句。

"可是，那家伙和地球人不一样，会用外星魔法，我们可大意不得。咦，好像院子里有什么奇怪的声音。"

一郎君说的话大家都不愿意听到。可是，那声音又确实传入了所有人的耳朵里，十分诡异，就好像有一头大型的野兽在庭院里走动。

"可能是刑警在院子里巡逻吧。"

父亲安慰着佑理香，想让她放心。

在平野君家的周围，有五名刑警正一刻不停地监视着周围的动静。而且，小林君属下的十来个"流氓别动队"成员也埋伏在四面八方，时刻准备着挺身而出。

"可是，这声音和人的脚步声，可不太像啊？万一……"

一郎面露惧色，正说着，忽然，房间里的灯全都灭了。

要是在平时，肯定会有人尖叫起来。可在场的所有人此时却都没有作声。人在真正害怕的时候，喉咙会像被堵住似的，什么声音都发不出来。

大家先以为是停电，但似乎又不是那么回事。院子里的灯是亮着的，屋外走廊的方向，有微弱的光线隐隐透过拉窗照射进来。

大家的视线，自然而然地集中到了那一束微弱的光线上。不知道为什么，那微微透着白光的拉窗就像有什么魔力，锁定了所有人的目光，就像被恶魔的力量牵引着一样。

正在这时，拉窗上忽然隐隐约约映出了一个奇怪的影子，看上去像一只高大的动物。那诡异的影子仿佛还在轻轻蠕动。

等大家的眼睛适应了黑暗，影子的轮廓渐渐清晰了起来。

那个黑影的面部看似鸟类，而身体又像人，看上去有点像只大蜥蜴。而且，背后长着一双巨大的蝙蝠翅膀。不用说，那就是宇宙怪人赤身裸体的样子！

佑理香小姐只看了一眼，便昏倒在地。一郎君惊叫一声，好不容易才按捺住想要逃跑的冲动。那个柔道三段的青年大叫一声：

"可恶！"

随后，他一跃而起，十分勇猛地朝映着黑影的拉窗冲了过去。

"哗啦"一声，拉窗被拉开了，却只听那青年大叫一声：

"没人！那家伙肯定藏起来了！"

父亲和一郎也应声跑到了青年身边。拉窗的外面就是走廊，而走廊外面的玻璃拉窗，有一扇被拉开了。

"它一定是从这儿逃出去了。院子！肯定是逃到院子里去了！"

青年立刻跳到了院子里，掏出准备好的警笛，奋力吹了起来。这是大家商量好的信号，很快，从院子的角落里跑来两位便衣刑警。

"怎么了？发生什么事了？"

"刚才，怪人爬到这边的走廊上了！它往院子里逃跑了，大家快找找！"

刑警们点亮手电筒，开始在附近搜寻。而父亲和平野君也不知什么时候跳到了院子里。

正当大家乱作一团时，佑理香小姐还趴在屋子正中央，失去了意识，一动也不动。

而这时，拉窗对面的拉门悄无声息地打开了。一个黑影悄悄地朝佑理香小姐走来。房间里一片黑暗，那黑影模模糊糊的，只能隐约看出是个穿着外套的人。虽然是在室内，可他依然戴着绅士帽。

在绅士帽的下面，是一张惨白的脸。那张脸简直白得吓人，被院子里的灯光一照，反射出一道寒光。哦！原来不是白色，而是银色！那道月牙形的嘴依旧带着诡异的笑容，正是宇宙怪人。它趁着所有人的注意力都被引到院子里，从另一个方向潜入了房间。

怪人迅速抱起佑理香小姐夹在腋下，为了不让她出声，又麻利地掏出手绢堵住了她的嘴。随后，它飞快地消失在拉门外的黑暗之中。佑理香小姐被它给掳走了。

那么，刚才映在拉窗上的影子，又是什么呢？那个影子是赤身裸体的。这么短的时间，它根本来不及穿上衣服，戴上面具。难道，今晚出现了两个宇宙怪人不成？飞碟本来就有五个，那怪人也应该有好多个。是不是宇宙怪人二号，终于现身了呢？

—"流氓别动队"—

让我们把画面切换到平野君家的大门前。

此处地处僻静的住宅区，到处都是围墙。明明夜还未深，四周却没有一个人影，只有不远处的街角路灯散发着昏黄的亮光。周围暗得可怕。

就在离平野君家大门不远的墙角处，潜伏着三个身影，看上去像是三条大狗。

"喂，刚才警笛响了。怎么回事？好像是佑理香小姐家传来的，我们去看看吧？"

"笨蛋！你没听团长再三强调，叫我们别离开自己的位置吗？"

"嗯，可是，要是宇宙怪人真的来了，难道我们就乖乖待在这儿？"

"没事儿！警笛一响，警察会赶过去的。我们不能离开自己的位置，万一怪人逃到这儿来了，我们就得冲出去。听懂了？"

还以为是三只大狗，其实是三个人。因为狗可不会说人话。仔细一瞧，那是三个像大狗一样脏兮兮的人类少年，大的十四五岁，小的十二三岁，身上的衣裳破破烂烂的，看样子是些流浪儿。

这些个流浪儿，怎么会认识佑理香小姐的呢？那是因为他们是少年侦探团的别动队，得名"流氓别动队"。他们是小林芳雄集合了数十个流浪儿组建起来的队伍。他们的事迹，我在《青铜魔人》这本书里详细地讲过。

刚才，三个少年正在小声地商议，他们提到的"团长"，正是小林君。今天晚上，小林君又集合了十几个不良少年，让他们在平野君家附近定点埋伏。他们中的三人，就藏在这段围墙的角落里。

"嘘！别出声！有个人从佑理香小姐家的大门跑出来了！"

最年长的少年让另外两个闭上嘴，三个少年像大狗一样蜷缩在墙角，六只眼睛瞪得圆圆的，一动不动地盯着大门的方向。

只见一个穿着外套，戴着绅士帽的奇怪家伙，腋下夹着一个少女，正朝这边走来。少年们的双眼早已习惯了黑暗，看得非常清楚。

少年们从接近地面的角度仰视着面戴银色面具的怪人，眼看着他的身影越来越大。

这时年长的少年用胳膊肘用力地碰了碰另外两个，这是"一起冲出去"的信号。

少年们就像三只猛犬一样扑了过去，一下子便牢牢抱住了怪人的大腿。

宇宙怪人被攻了个措手不及，不得不停下了脚步。紧接着，它发出了野兽一般"呜呜"的低吼，可发现对方是一群孩子，便很快放下心来。

"干什么？你们，是谁？"

它用一种怪异的声音责难道，可少年们只顾紧紧地抓着它，毫无放手之意。

怪人猛地抬起右腿，把抱在上面的一个少年踢了出去。那少年"哇"的一声滚出老远，一时爬不起身来。

一会儿工夫，三个少年一个接一个地被无情地甩了出去，趴在了地上。对手毕竟是外星来的怪物，勇敢无畏的别动队也拿它毫无办法。

怪人抱着佑理香小姐跑了起来，速度快得惊人，就像一阵狂风。

然而，等它拐过围墙一角，又有一群人扑了过来，同样是藏在附近的别动队。这次又是三个人。他们从三个方向牢牢拽住了怪人的外套，就是不松手。

就在这时，黑暗中传来一阵"啪嗒啪嗒"的脚步声，又有五六个别动队成员冒了出来，也不知他们是埋伏在别处的，还是跑来支援的。

尽管都是孩子，但人数这么多，也不好对付。宇宙怪人这时也认真了起来，发出"呜呜"的低吼声，狠狠地甩开那三个拽住它外套的少年，把他们踢了出去，然后飞也般地跑了起来。

少年们虽然跟在怪人的身后追了很长一段距离，但终因体力有限，眼看距离越拉越远，最后，在一片黑暗中，失去了它的踪迹。

一 树 上 的 大 侦 探 一

怪人抱着佑理香小姐一路奔跑，终于来到了有
一棵巨大橡树的空地上。靠在橡树干上，它总算能
喘口气了。

宇宙怪人总是从这棵橡树飞上天空的。今晚，
它大概也是这么打算的吧。歇了一会儿，它抱紧怀
里的佑理香小姐，抬头朝树上望去。

这棵大橡树的枝叶朝四方伸展开来，大得几乎
要将整块空地都罩在它的树荫之下。

怪人一抬头，却在黑暗之中听见重重叠叠的枝
叶之间传来一点轻微的响动，渐渐的，动静越来越
大，树上哗哗作响，好像有什么生物正攀在树枝的
高处。

怪人有些诧异，朝声音传来的方向望去，却什么也没看见。只听见树上"哗啦哗啦"越来越响。

听声音，不像是什么小动物，看样子还是个大家伙。可是，在这东京的城区里，也不可能有猴子。究竟是什么东西藏在这棵大树上呢？

怪人大为不解，只是将银色面具对着空中，定定地站在原地观望，不一会儿，它终于忍不住了：

"是谁，藏在上面，回答我，你是谁？"

它用嘶哑的怪声朝树上吼道。

"哈哈哈哈……"

只听高高的枝头上突然传来一阵人类的笑声。紧接着，又传来一阵枝叶摩擦的声音，一根从树下也能清楚看见的粗壮枝干上，现出一个黑乎乎的身影。是一个人，一个穿着黑色西服的人。借着远处的路灯，只能勉勉强强分辨出他的身姿。

"你是谁，你，到底是谁？"

怪人用一种带着恐惧的声音大声问道。

"哈哈哈哈……是个人类。是个名叫明智小五郎的日本人。"

树上的人回答道。啊，原来明智侦探躲在这儿了。话说回来，遇见一个坐在树上的大侦探，还真是一种奇妙的经历。

"明，智，小，五，郎……明，智，小，五，郎……"

怪人的口中喃喃自语。

"你这么聪明，肯定记得我的名字。毕竟，我对你来说可是最厉害的敌人。"

"明智，我知道。明智，你为什么，会在树上？"

"我在这儿等你来啊！因为你肯定会从这棵橡树上起飞。所以我铆足了劲儿，要在这里阻止你那神通广大的力量。明白了吗？"

大侦探说的话让人一头雾水，可那个怪人似乎听懂了他的意思，慌乱了起来，忽然就地放下了佑理香小姐，当场逃跑了。它一言不发，用超快的速度从橡树下逃了出去，很快便在黑暗中跑没影了。

明智侦探这才慢慢地从树上爬下来，也不去追怪人，而是抱起了倒在地上的佑理香小姐，拿出塞在她嘴里的手绢，就地照料了起来。

就这样，佑理香小姐得救了。可是，那宇宙怪人为什么会丢下佑理香小姐自己跑了呢？一个外星怪人，难道也那么害怕明智侦探么？这也太奇怪了。看来是明智侦探在树上说的那番话里藏了秘密。而这个秘密，有着魔法一般的神奇力量。这一回，用魔法的人不是怪人，反而是明智侦探。

随后，明智把佑理香小姐毫发无损地送回了家，交给了她的父亲和一郎君。这时候，水泥仓库那边的搜查科长领着一大群人已经来到了平野君的家里，于是一大群人围着明智侦探，对他立下的功劳赞不绝口。

而明智只是笑而不语，对事情的来龙去脉一句也没提。有些秘密，只有大侦探才知道，而现在还不是揭开谜底的时候。这到底是个什么样的秘密呢？

第二天早晨，又发生了一起足以令全东京的人目瞪口呆的事情。

在上野公园的五重塔顶，一个少年攀在尖尖的铁柱上瑟瑟发抖。他穿着破破烂烂的衣裳，看上去像是个小乞丐。

注意到他的人把塔的四周围了个水泄不通。那孩子究竟是怎么爬到那么高的地方去的呢？大家都觉得不可思议。

很快，警察和消防队的人赶了过来，他们爬上塔的最高层，用木桩垫脚，花了半天的时间，终于把少年救了下来。这个消息配了巨幅的图片，上了当天的晚报，于是全东京的人都知道了这起事件，惊奇不已。听那少年一说原委，大家才知道，原来这个少年是流氓别动队的一员。宇宙怪人被明智侦探坏了好事，恼羞成怒，就抓了一个别动队的队员飞上五重塔，把他丢在塔顶上，以示报复。

"真是吓死我了。它张开那么大的蝙蝠翅膀，飞得那么高。我感觉自己就像坐飞机似的。被它丢在塔顶上的时候，我还以为自己死定了，天亮之前，一个人也没来过，真的太可怕了!"

少年回到别动队的队伍里，说起这段经历时都直哆嗦。

谁也不知道，没能成功掳走佑理香小姐的怪人，接下来还会做出什么可怕的事儿呢!

一直升机一

　　平野佑理香小姐暂时算是逃过一劫。但是，宇宙怪人对地球的袭击并没有在这起小小的事件后终止。这只不过是宇宙怪人的其中一员被美丽的佑理香小姐给迷住了，搞出的一段小插曲而已。就在佑理香小姐成功获救的当天，全世界的电波在空中频繁穿梭，全球的广播随即热闹了起来，全世界的报纸都用超大号的字体报道了一件可怕的事。

　　从遥远的星球到地球来侦查情报的蜥蜴怪人，先是在日本和美国现了身，这回，在俄罗斯首都莫斯科的上空，也出现了七个飞碟。而且，这些飞碟也在莫斯科郊外的某处着陆，从里面跑出了蜥蜴怪人。这些都跟日本和美国的情况如出一辙。

这之后的一个星期里，恐怖事件接二连三地发生，这下子全世界仿佛都炸开了锅，闹得个沸沸扬扬。

飞碟在德国的首都柏林也出现了。在法国巴黎，也有消息称目击飞碟飞过。在英国也出现了同样的传闻。甚至就连印度、中国、非洲都出现了飞碟飞过的消息，广播里成天嚷嚷个不停，在每一条街上都能听到发放号外的铃声。

这真是一场地球上前所未有的大骚动。成千上万的奇怪飞碟就这样涌现于全球各地，从中拥出成千上万的蜥蜴身子蝙蝠翅膀的奇怪人种，很难预料，接下来地球人的命运究竟会如何。想想这个，现在哪是搞什么世界战争的时候！

全世界的人都因恐惧而瑟瑟发抖。说不定就在下一秒，地球的上空就会布满无数的飞碟和蜥蜴怪人的大军，变得漆黑一片，而地球上的人类也将于不久的将来被全部消灭，没有未来了。

每一个国家的政府都召集大批的科学家，联合军事参谋部门，认真商讨着讨伐宇宙怪人的计划。甚至有传言说，很快将针对这一事态召开专门的国际会议。

而在日本，也有不少恐怖事件相继发生，著名的科学家失踪，有名的演员不知去向。无论是在美国还是日本，不少举世闻名的人物接二连三地被绑架，广播和报纸天天都在报道相关消息。

没多久，大家就都开始相信，在日本，宇宙怪人绝不止一个。

这一天，东京某报社的摄影记者为了拍摄天空的景象，连同一个飞行员两个人乘坐直升机途经神奈川县的上空，在傍晚时分返回东京。途中，当东京的街道已经依稀可见时，发现眼前的天空中有奇怪的东西正在飞行。

"喂，你看，那个应该不是乌鸦吧？好奇怪的鸟啊。"

摄影记者对飞行员说道。

"看着像蝙蝠啊。"

"才不是呢。你仔细看，虽然翅膀是和蝙蝠一模一样，但身形不对啊。啊，太怪了，那只鸟好像还穿着西装！"

刚说完，摄影记者的脸色刷地一下变白了。

一个，两个，三个，四个……仔细一数，有八个形态相同的生物正在空中飞行。远处的看上去就是一个小黑点，而近处的看起来个头很大，身穿西服的奇怪模样清晰可见。

"喂！是宇宙怪人啊！怎么办？"

直升机上又没有配备武器，他们也无计可施，只有尽快抵达东京求援。

很快，飞在他们附近的宇宙怪人已经近在咫尺。两只扇动着巨大蝙蝠翅膀的怪人几乎要撞上飞机的前窗。

两个宇宙怪人既不逃走也不发起攻击，就好像他们知道直升机里的人对他们根本无能为力，所以故意要戏弄他们似的，一会儿摆出怪异的飞行姿态，一会儿又把脸贴近挡风玻璃，挤眉弄眼地嘲笑他们。

那两个怪人都戴着传说中的银色面具，至于帽子，应该是折起来放在口袋里了吧。他们的头部包括发色，全都是银白色的。

直升机里的两人虽然很是气愤，却也无可奈何。他们只能加快速度，朝东京的报社总部继续飞行。

终于，宇宙怪人似乎觉得一直追着他们戏弄也挺危险的，便飞离了直升机，朝着远处的同伴飞去了。随后，蝙蝠的身影越来越小，很快就消失在夕阳的余晖中，看不见了。

飞机里的两个人一时惊魂未定，沉默不语，那感觉就像做了一个极其恐怖的噩梦。直到飞机驶入东京上空，两个人才终于冷静下来，能出声了。

"喂！这可是……特大新闻啊！总共是八个吧？谁能想到，在东京竟然有八个宇宙怪人啊！"

"就是啊！这还是有照片的特大新闻！"

"咦？你拍照了？"

"嗯！我趁那帮家伙没注意的时候，抓起相机就是一通狂拍。毕竟这可是我的本行。这个世界上把宇宙怪人拍进照片的，我恐怕得算头一个！"

摄影记者一脸的兴奋和自豪。

不一会儿，直升机回到了报社，全编辑部的人把二人团团围住，听他们讲述了这场离奇经历，一时间，整个报社沸腾了。第二天，东京的市民们看到这则新闻和照片，其震惊的程度，更是难以形容。

这么下去，总有一天，会有成群结队的宇宙怪人遮天蔽日而来，让东京的天空陷入黑暗之中，而地球的终结之日也将随之而至。这可怕的想象，使人们陷入了一片恐慌。

—奇怪的黑人—

就在这场骚动发生两天后，明智侦探事务所接到了一通名叫虎井的工学博士打来的电话。

这位虎井博士，是一位有名的民间老科学家，据说是位发明天才，就像爱迪生一样，在各种各样的领域都发表过令人称奇的发明，拥有几百项专利。

电话打来的时候，明智侦探因为宇宙怪人的事接受首相的邀请出门去了，于是小林少年代为接听。

"嗯，他不在么？可这件事十万火急，你是哪位？是不是小林君？"

虎井博士也知道小林君的名字。我们这位少年助手名气可不小。

"我是小林。请问您有什么事呢？"

"是关于宇宙怪人的。看样子，这次轮到我有危险了。警察那边我已经申请了保护，但我还是有些不放心，所以希望明智先生也能过来。既然他不在，那你来也可以。虽然你年纪还小，但也是个不输给先生的名侦探啊。怎么样？你能马上到我家来一趟吗？"

小林少年虽然与这位虎井博士素未谋面，但却知道他家的住址。博士家的小洋楼，就坐落在隅田川河口附近的一片小树林里。

"好的，那我先给先生打个电话，和他商量一下就过去。"

"是吗？你知道我家住哪儿吧？我等着你。"

小林君立刻给首相官邸打了一通电话，说有要紧的事，让对方把电话转接给明智先生，和他说了虎井博士的事情。明智先生答道："好，你去吧。等这边的事情处理完了，我就会赶过去。一定要多加小心。"

接下来，小林君把这件事报告给了明智先生的夫人，然后坐着汽车，赶往虎井博士的宅邸。

隅田川的河口附近有许多工厂。但其中却有一片茂密的树林，是个和周围隔离开来的别样世界。树林里立着一栋奇妙的建筑，看上去有点像旧时欧式城堡的圆顶塔楼。

走到这栋建筑的入口处，敲响大门，门扉便朝里面打开了。然而令人意想不到的是，门口竟站着一个黑人，看上去像是非洲土著，皮肤黝黑，身材高大。

门里面是个木地板的房间，十分宽敞，地面铺满鲜红的地毯，稍往里走，能看见旋转楼梯华丽的扶手。

那黑人身穿一件有着夸张条纹的西装，一身打扮活像马戏团的小丑，一动不动地站在门口。

"在下小林芳雄，适才接到虎井先生的电话，所以登门拜访。"

小林君开口说道，可那大个子黑人的视线却一直飘在空中，根本没看小林的脸，两只手机械地一起一落，用一种奇怪的干巴巴的声音回答道：

"请进，这边。"

紧接着，他猛地一转身磕磕巴巴地迈开步子走了起来。感觉怪怪的，不像是个活人，倒像是个机器人。

这时，小林君忽然想起一件事来。他曾经听说过，虎井博士发明了一个机器人，专门让它看门。照这么看，眼前确实是个机器人，它的面部是黑人的模样。不看客人的脸，朝着别处说话的奇怪言行，若是个人偶，也就说得通了。

小林君想到自己刚才竟是对着一个人偶认认真真地打了一通招呼，觉得特别滑稽。不过这虎井博士也真是个怪人，光是走进玄关，就让人大吃了一惊，这接下来，指不定有多少稀奇古怪的玩意儿在前头等着呢。小林君心里不由得忐忑了起来。

只见前头的黑人头也不回，直直地从楼梯的下方经过，又穿过走廊，来到一扇门前站定，又是猛地一转身，抬起了双手，说道：

"请您，在此稍候。"

"谢谢。你是个人偶吧？做得可真好。"

小林君说着，用手指敲了敲黑人的脸颊，果然发出了"咔咔"的敲击声。

那黑人还是面无表情地站着，没多久，他似乎是觉得"现在没我什么事儿了"，一个转身，"咚咚"地迈着步子朝别处走去。

留在原地的小林君走进房间，朝四周看了看。房间很大，里头摆放着高级的椅子和桌子，应该是个会客厅。

房间的一面墙上，镶嵌着一面长宽一米的四方形大镜子，四周还镶了华丽的镜框。小林君站在这面镜子前，看着镜子里的自己。

就这么等了老半天，博士始终没出现。四周静悄悄的，小林君感觉自己就像身处一间无人居住的老旧洋楼里，越发忐忑起来。

—没有尽头的楼梯—

这时，小林君忽然产生了一种难以名状的奇怪感觉。

很明显，房间里没有其他人，可又总觉得有人就在附近。感觉有一个人正目不转睛地一直盯着自己看。

小林君忍不住环视房间，周围没有地方可以藏身。

默默地在这个和墓地一样寂静无声的宽敞房间里又待了一阵，忽然，不知从哪儿传来了一阵微弱的声响。

小林君吓了一跳，猛地转过身，只见房间的入口处立着一个白色的身影。那是一个美得令人惊叹的少年。虽然小林君的五官也生得十分清秀，但这个少年，说他生得清秀，倒不如用漂亮这个词来形容。

他身穿一件纯白色的军服，仿佛一位走在继位仪式游行队伍里的西洋少年贵族。领口和双肩上贴着闪闪发亮的装饰，袖口的部分也镶着金线，从肩部到腋下缠绕着金色缎带，白色军裤的两侧有两条略粗的鲜红条纹。

小林君心想，这个少年搞不好也是个机器人，那张漂亮的脸蛋该不会是蜡做的吧？

"你好，欢迎光临。你就是小林君吧？"

少年微笑着，用清脆的声音打了声招呼。那声音听起来并不像之前的黑人那样生硬，确确实实是人类的声音。

"你是谁？我想见虎井先生。"

小林君满脸诧异地说，可少年似乎毫不介意，答道：

"我知道啊。我是虎井先生的少年助手，就像你是明智先生的少年助手。我家先生正等着你呢，我这就带你过去。"

听他这么说，小林君放下心来。

"你为什么穿成这样啊？看上去像个军人似的。这是你平时穿的衣服吗？"

"对。我家老先生就喜欢这种闪闪发亮的衣服。他常说，这件衣服最适合我了。"

两个年龄相仿的少年，很快便熟络了起来。

"你家先生可真奇怪。让一个黑人模样的机器人看门……"

"哈哈哈……他的确很奇怪，做什么事都与众不同。接下来，你肯定还会遇到很多意想不到的状况。不过，我家先生可是一位了不起的学者。你要是看了他的发明，肯定会大吃一惊的。"

漂亮少年说着，脸上满是骄傲的神色。

"对了，刚才我一个人在这间屋子里等的时候，老觉得有一个人就在附近似的，怪得很。这间屋子里，是不是有暗门啊？"

"暗门是有。不过你刚才感觉到的那个人，其实是我。"

"是你？那你究竟藏在哪儿了？"

小林君吃了一惊，忙问道。少年狡黠地笑着，伸手指了指镶嵌在墙里的那面大镜子。

"我就在这个里面。"

"啊？在镜子里？"

"不是，是在这面镜子后面的房间里。这面镜子从这个方向看只是普通的镜子，可从背面看，却能看清这个房间里的一切。在那边的房间里，这面镜子看上去就和一扇巨大的玻璃窗没什么两样。我就是在这面镜子后面，稍微观察了你一阵子，所以你才会觉得附近有人吧。"

"这么说，但凡把客人带到这个房间，你都会从镜子的另一面偷偷观察一阵子喽？这儿简直就像个侦探的家嘛。"

"就是啊。我家老先生很喜欢侦探，所以这间房子里设有很多机关。而且他和明智先生很熟。我家先生可是经常夸奖你呢，说你虽然年纪不大，但非常优秀。每次先生这么说，我都很羡慕你呢。"

说到这儿，少年开心地笑了。柔顺的刘海下面露出雪白的额头，精致的眉毛，漂亮的眼睛，红红的嘴唇，一笑就露出微微翘起的小虎牙，小林君一下子就喜欢上了这个少年。

"刚刚我在电话里听说，宇宙怪人好像出现了。你也知道这事儿吗？"

"嗯。我也看见那家伙了。所以先生才说想和明智先生见个面。"

"明智先生很快也会过来的。那么，你是在何时何地看见宇宙怪人的呢？"

"昨晚，在这儿。"

"啊？在这儿？"

少年伸出右手指了指房间的玻璃窗。窗外便是环绕在这栋房子四周的树林，树影重重，郁郁葱葱。

"它就从那扇窗户外头往里偷看。你知道它那张银色的面具吧？我当时吓了一大跳，差点晕过去。那面具真是太讨厌了。"

"接下来怎么样了？"

"我赶忙告诉了先生。然后所有人都跑到院子里找，可惜它已经不见了。肯定飞走了吧。后来，就在一个多小时前，怪事又发生了。你瞧，就是这个。这东西插在了我们家的大门上。"

少年从口袋里拿出一支长约二十厘米的银箭，那种银色，和那银色面具如出一辙，也许这箭也是用外星金属制成的吧。

"在日本，以前不是有'白羽之箭'的传说吗？只要有白色羽毛制成的箭插在屋顶上，就会被坏人盯上。先生说，这支箭应该就是这个意思。也就是说，宇宙怪人十分执着地想要抓走我家先生。"

"嗯……所以，就给明智先生打了电话？"

"没错。我家附近现在虽然有不少的刑警监视着，但还是有些让人放心不下。"

"那，你家先生现在在哪儿呢？我能见见

他吗？"

"嗯，他正等着你呢，我现在就带你去见他。先生在一个谁也没法靠近的地方，那个地方可深着呢。"

"咦？很深的地方？是地下室吗？"

"不是。你很快就会知道啦，快跟我来吧。"

漂亮少年在前头带路，出了房间，沿着走廊往更深处走去。不久，他们来到尽头的墙壁前面。

少年把手伸向墙壁一角，好像是按动了隐藏的按钮，只见眼前的墙壁缓缓地动了起来，形成一个可以自由进出的口子。

"来，就在这个里面。里头光线很暗，你小心点儿。"

走进黑乎乎的洞口，便是一条狭窄的隧道，一道陡峭的水泥台阶一直向下延伸着。

少年走在前头，小林君跟在后面，二人沿着台阶向下走。这时，背后的墙壁静悄悄地闭合起来，恢复了原状。

隧道里只装了很小的电灯，感觉像进了矿洞，有点吓人。朝下望只见一片昏暗，什么也看不清，前方的路似乎通向深不可测的地底，没有尽头。

下了差不多十五六级台阶，小林君有点害怕了，对前头的少年说道：

"还要往下走吗？我们好像离地面已经很远了吧？到底要去什么地方啊？"

"还没到呢，还在更深的地方。那地方是先生发明的藏身之所，你到时候肯定会大吃一惊的。宇宙怪人再厉害，也不可能到得了那儿。其实先生根本就没必要担心的。这么安全的藏身地点，就是找遍全世界也没有第二处了。"

于是，两个少年沿着隧道，继续朝深深的地底走去。

—大怪鱼—

"我说，这个地下室和普通的比起来，也建得太深了吧？虎井先生到底在哪儿啊？"

通往地下的台阶没完没了地向下延伸着，小林少年有些不安，又开口问道。不想却惹得穿军服的漂亮少年发出一串银铃般的笑声：

"哎呀，就快到啦！当然不是普通的地下室了，你肯定会大吃一惊的。那个不可思议的房间，你绝对想象不到。我家先生，总能想出些一般人根本想不到的点子。"

少年洋洋得意地说道。

沿着水泥台阶往下走了差不多三十多级，总算出现了一条平路。再往前走上一段，这次又是一段朝上的台阶。朝上爬个七八级，忽然就没路了，头顶上便是天花板，再也爬不上去了。

"这儿还有一个暗门。"

少年笑眯眯地说道，随后又按下墙壁角落的隐藏按钮。这时，头顶的天花板无声无息地开出一个大口子。

两个少年从洞口爬了上去，厚重的水泥地板又合上了，一点儿也看不出痕迹。

他们来到一个很大的房间。房间里摆满了不明用途的复杂机器，看上去很是气派。

"你猜，这是什么地方？"

军服少年笑得十分神秘，似乎有意要吊小林君的胃口。

"你问我这儿是哪儿？当然还是地下室喽。朝上的台阶只爬了七八级，朝下的台阶可是走了三十多级啊。"

"这里还真不是地下室，不信给你看看证据。喏，你到这儿来，朝外面看看。"

少年指向一扇大玻璃窗。玻璃窗长宽两米，四四方方，又宽又大，装着一整块厚厚的玻璃。看上去，和商场的橱窗很相似。环顾四周，只见房间的四面都装着同样的窗户。

小林君隔着这扇玻璃窗向外望去，不由得"啊"地惊呼一声。窗外的景象实在是令人意想不到——全都是水！

"这里是东京湾和隅田川交汇处的水底。先生建了一座钢筋混凝土的房子，把它沉到水底，然后建了通往这里的地道。也就是说，这儿其实是一栋水下别墅。你瞧，很漂亮吧？"

玻璃窗的外头有不少水下植物随波摇曳，好像置身在深深的草丛之中。小鱼在水草间灵巧地游来游去，仿佛伸手就能摸到。这种感觉就和进了水族馆差不多。区别在于，水族馆是水箱里装着水，而在这里，只有房间里没有水，四周都被水环绕着。

房子外面似乎装了一些灯，照亮了四周的水域，只是光线并不强，远处依旧很暗，视野不佳，像在森林深处迷了路似的，让人心里难免有点惴惴不安。

"哇！好漂亮啊——"

小林君忍不住赞叹道。十多条小鱼排列整齐，从窗前游过，仿佛在玻璃窗上画了一道碎花条纹。这群小鱼身上的花纹金银交错，闪闪发亮，好看极了。

小林君几乎忘记了时间，着迷于这个不可思议的水族馆的景色。过了好一阵，他猛然发现，在前方昏暗的水域里，似乎出现了一个难以形容的奇怪家伙。

那家伙大得可怕，通体漆黑，两只眼睛大如圆盘，闪闪发光，身子至少有五米长。它此刻正从远处的黑暗中朝这边缓缓游来。

小林君一时间吓得说不出话来。

那家伙虽然比鲸的体型稍小，但比鲨鱼大出不少。最可怕的是它那一双金鱼似的眼睛，两个突出的眼球竟然明晃晃地发着光。

等这个怪物悄无声息地游到附近有光的地方，总算能看清它黑得发亮的全身了。它的脊背上，有一个白色的突起物，直径大约一米，形状像是个倒扣着的碗，像玻璃一样是透明的。

小林君从未听说世上竟有长得这么奇怪的鱼类，就连在书上也没读到过。而且，在隅田川的入海口，居然潜伏着这么大号的家伙，这简直就跟做梦一样。这是鱼怪，还是鲸的幽灵？

只见那家伙瞪着两只发光的大眼珠盯着小林君，朝这边游了过来，速度还很快。要是它就这么直直地撞过来，撞碎了窗玻璃，肯定会有巨大的水流涌进来，淹没整间屋子。小林君吓得脸色惨白，赶忙从窗边逃开。然而，军服少年却忽然抓住他的胳膊，笑嘻嘻地说道：

"没关系，不用害怕。"

就在这时，那只怪鱼忽然改变了方向，朝左游去，不久，便离开了窗户的可视范围。

然而，就在它即将从窗边消失的时候，小林君却看到了令人难以置信的景象。

在前面已经写过，大怪鱼的背上长有一个像倒扣的碗似的透明突起物，里头似乎有什么东西在动。

而且，这个会动的东西看上去还很像一个人的脸！怪鱼的背上，怎么会装着一个人呢？难不成，那是怪鱼的孩子？就像袋鼠会把自己的宝宝装在腹袋里一样，这只怪鱼，也把自己的孩子装进背上的透明突起里了吗？

"刚才那个，你看见了吗？它背上的鼓包里头好像有什么东西！"

听了小林君的话，军服少年满不在乎地笑道：

"当然看见了，是个人的脸啊。"

见对方居然如此镇定，小林君很是诧异：

"看见那么吓人的东西，你不害怕吗？居然还笑得这么轻松……"

"一点儿也不害怕呀。因为我早就习惯了嘛。"

"不是吧——你都看习惯了？这么说来，那个大个子，像鲸的幼崽一样的怪鱼，就生活在这附近喽？"

这时，美少年又一次发出了银铃般的笑声。

"我说，这儿可是隅田川的入海口啊！怎么会有那么大的鱼啊？"

"那，刚才是怎么回事？难道那不是鱼吗？"

"那不是鱼，答案很快就会揭晓的。你不是名侦探吗？不如猜猜看？"

听他这么一说，小林君恍然大悟啊——原来是这么一回事儿，肯定没错。真不愧是虎井博士，实在是令人佩服。那么诸位读者，你们知道，小林君究竟想到了什么吗？

此后过了不到五分钟，房间里面又发生了一件怪事。

一 水 底 的 怪 人 一

忽然传来"咔嗒"一声轻响，扭头一看，只见一面墙上出现了一个直径一米左右圆形印记。而且，那印记的边缘还越变越粗。

为什么这圆形印记的边缘会变粗呢？哦，明白了，那是一扇圆形的水泥门，和银行地下保险库的圆形大门很相似。一般是在墙壁上开一个圆形的洞，然后装上和墙壁一样厚的水泥门扉。这样的暗门乍一看很难发现。

只见那扇圆门缓缓打开，露出一个黑黑的洞口。紧接着从洞口走出一个黑衣人来。

小林君又被吓了一跳，不过仔细一看，竟是虎井博士。小林君看过杂志上的照片，清楚他的长相。略长的头发梳到脑后，架着一副黑框圆眼镜，唇上两撇胡子高高翘起，像个魔术师，下颚的胡子则聚拢呈一个三角形，确实是博士本人没错。

不过，博士怎么会穿这么奇怪的衣服呢？上身是一件极为紧身的黑色针织衫，下身则像穿了一条黑衬裤。这身打扮，活像一个暗黑系魔术表演里的黑魔法师，又像只出现在画里的西方恶魔。

博士走出那个圆形洞穴，忽然哇哈哈哈大笑了起来，嘴边高高翘起的胡须也跟着上下颤动。他一边笑，一边把夹在腋下的一件黑斗篷似的衣服穿在了身上。那是一件只能遮住前胸的短斗篷，穿上它，博士就更像个西方的恶魔了。

"你好啊，小林君，很高兴你能来。来，坐吧，我有很多话要和你说。"

说着，博士十分豪迈地往房间正中央的大椅子上一坐，而小林君和博士的少年助手也分别在桌子对面的两把椅子上坐了下来。

"明智先生稍后也会赶到这里。我获得先生的允许，先过来了。"

小林君礼貌地打了招呼，而博士笑眯眯地说：

"嗯，好。我和明智先生还是见过一两次面的。他是个了不起的侦探。我要是没有成为学者，恐怕也会当个侦探吧。不过学者的工作和侦探的工作其实也没什么不同。"

小林君等着博士话音一落，便迫不及待地问出了最想问的问题：

"先生，我们刚才看见一个奇怪的家伙，一条像鲸的幼崽一样的大鱼。那不是真正的鱼吧？是先生您的杰作吗？"

"哇哈哈哈……"

博士又一次笑得浑身发颤："是吗，你看见它了啊。那也是我的发明，你马上就会知道答案了，我很快就会让你看到……对了，我找你和明智先生来，其实是因为宇宙怪人。"

博士巧妙地岔开了话题。

"这一回，我成了它的目标。不过，我好歹是个科学家，绝不会输给那个怪物。我会用科学的力量和它战斗。如果可能的话，我还想活捉那家伙。小林君，你可能会认为，我藏在这么一个水底房间里，是为了逃避那个怪物，可事实并非如此。其实，这是我的一个计谋。一会儿，你就等着瞧……"

说到这儿，博士忽然收住了话头，沉默了一阵，忽然好像想起了什么，一拍膝盖道：

"对了！我有样东西要给你看看。这可是个有趣的东西。"

说完，他咧嘴一笑，又道：

"其实，也不是什么大不了的玩意儿，是我做的一台电视。不过，播放的内容就有趣了。来，你看。"

博士说着，按下桌子边上的按钮，只见一面四方形的玻璃窗表面忽然闪烁了几下，显示出另一个地方的景象。

这景象似乎有些眼熟。画面上出现一个种了许多树的庭院，还有一栋像西方城堡似的圆形塔楼。哦，想起来了，这就是虎井博士家的院子。院子里有一个人，从别处走进来，现在刚刚停住脚步，正一脸惊讶地望着他们。那是一个身着西装、三十岁上下的男人。

"认识他吗？他是从警视厅来的刑警。在我家周围，有七个刑警轮番把守，因为没人知道这个宇宙怪人什么时候会出现，所以他们就一直监视着周围。而我，又在这里监视着他们。看见他吃惊地望着我们了吗？那是他忽然被强光照射，吓了一跳而已。毕竟，没有光线，电视屏幕就无法显示画面了。我在房子的周围，四面八方都设置了摄像头，并在一旁装上强光电灯，只要一按这个按钮，电灯就会点亮。来，我们再来看看别处的画面。"

说着，博士又按下了另一个按钮，这时刚才的画面消失了，又有别处的景象显现了出来。仍旧是博士家的宅子，只不过换成了建筑的另一部分。

"这是我家房子的背面。现在一个人也没有，不过很快就会有人来了。各位刑警先生在一刻不停地巡逻呢。"

没等他说完，电视画面里出现了两个人。一个是穿西装的男人，另一个像是个痞子。这两个人一边走一边争执不休，很快就厮打起来，拉扯在一起，在地上滚来滚去，简直跟看相扑比赛直播似的。

最终穿西装的那个占了上风，痞子被他牢牢压在了身下。随后，西装男子从口袋里掏出手铐，咔嚓一声铐住了痞子的双手。

"哈哈哈——这家伙和宇宙怪人可没什么关系，是个偷偷溜进我家院子的小偷。真不愧是刑警，不费吹灰之力就抓住了小贼。我家建在树林里，围墙又矮，常常有小偷光临，以为是间空屋就想偷点东西。"

这时，小林君的目光稍微离开电视画面，余光瞥见一个奇怪的东西。小林君暗自"咦"了一声，定睛一瞧。

那是房间里一面看上去像水族馆的玻璃窗。在窗户外面，似乎有什么不知名的东西正缓缓蠕动着，令人毛骨悚然。

见小林君一脸警惕地盯着那扇窗户，博士的少年助手也把目光移了过去。

这面宽两米见方的玻璃板外面，有几条银光闪闪的小鱼在来回游动，十分漂亮。

可仔细一看，在这块玻璃板的角落里，有个诡异的玩意儿紧紧地贴在玻璃上，缓缓蠕动着。

那玩意儿绿油油的，颜色比不远处的水草还要鲜艳，形状像是一个人的手掌，手指之间还连着同样绿油油的皮肉。那是蹼！是一只长着蹼的绿色的手！

小林君顿觉脊背发凉，仿佛浑身的血液都流到了脚底。

"你们两个快藏起来！不要让对方发现了！"

虎井博士悄声对两个少年说，接着站起身挡在他们前面，紧紧贴着窗户旁边的墙壁，偷偷朝玻璃外面望去。两个少年也学着他的样子，靠着墙，躲避着窗外的视线。

绿色的手从一只变成了两只，两只手好像摸索着玻璃窗，一点一点地张开来。

博士和两个少年都很清楚这双绿手的主人长什么样子。长着这双恶心的手的，肯定不会是别人，只能是宇宙怪人。

小林君只想到宇宙怪人会在天上飞，却忘了它还会潜水。既然长着一双带蹼的手，自然就能下水。这个外星来的生物是个水陆两栖的家伙。

等那双绿色的手全部出现在了玻璃窗上，接下来便是一副紫绿黄粗条纹相间的肩膀，只见那诡异的巨大蜥蜴形身躯浮在水中，最后出现一张脸。一张酷似雏鸟的黏糊糊的大嘴，蟒蛇一样锐利的目光，头顶是鸡冠似的一排锯齿，博士和两个少年虽然都听说过，但亲眼看见宇宙怪人的真正模样，这还是头一回。啊，多可怕的怪物啊！就连虎井博士的呼吸都开始急促起来，两个少年就更不用说了，他们被吓得动弹不得，既没力气逃跑，也没法开口说话。

很快，怪物的脸便紧紧贴在玻璃上，用那双邪恶的眼睛朝房间里张望着。

—小型潜水艇—

宇宙怪人把脸紧贴在玻璃上，朝屋子里望了一阵，可屋里的三人藏了起来。它大概以为屋里没人，便又转身朝另一个方向游走了。海底没有光，尽管这间房的周围装了电灯，但灯光毕竟传不远，所以怪人的身影很快消失在不远处的黑暗中。

"终于来了。其实我料想那家伙会找到这儿来，一直等着呢。小林君，再给你看个有趣的东西。"

虎井博士和少年助手交换了一下眼神，狡黠地笑了笑。

"有趣的东西？是什么？"

"海底大追捕。我们三个一块儿去追捕宇宙怪人。"

"在海底？"

小林君十分惊讶，不禁提高了嗓门。人类又不是两栖动物，怎么可能长时间待在海底呢？

"嗯，我发明了一种特殊的潜水艇，我们三个可以坐着它追上去。"

"潜水艇？"

小林君一脸的难以置信。

"坐上去就知道了，那可是我的自信之作。好了，再磨蹭，宇宙怪人就跑远了。你们俩快跟我来。"

博士走近另一面墙壁，按下墙上的一个小小的按钮，那个酷似保险库大门的圆形暗门悄无声息地打开了。博士刚才就是从这个门里跑出来的。

博士猫着腰，钻进了那个黑漆漆的圆洞里。小林君心里有点儿打鼓，犹豫了一阵。这时，少年助手从身后推着他说：

"不用怕，潜水艇就停在这个洞外头。"

没办法，小林君只有和少年一道爬进了洞中。

随后不久，好像有什么东西"砰"地撞了一下他的头。

"这儿就是潜水艇里面。我现在把灯打开。"

博士的话音刚落，周围忽然明亮了起来。眼前是一个连步子都快迈不开的狭小房间，身旁还到处都是机器，连动一下身子都困难。

"站起来会撞到头，在这儿坐好。"

博士招呼两个少年坐下，先关上暗门，然后把接在潜水艇旁边的圆门关好，然后拧紧旋钮，防止进水。他又挪到另一边的机器旁边，启动了机关，突然就传来了阵阵引擎声，感觉像坐上了秋千似的，潜水艇启动了。

随着引擎声越来越大，潜水艇的速度也越来越快。

"你们过来瞧，这里是驾驶座，驾驶员的面前，可以很清楚地看见大海的景色。"

听了博士的召唤，两个少年凑了过来，发现博士的面前有一个大大的圆形透镜，潜水艇前方的水下状况全都缩小了显示在里面。

"这艘潜水艇的前面有两个大前照灯，照亮前方的水域，光线强度是汽车大灯的好几倍。靠着这些光线，就能清楚地看见前方的情况。不过，这些景象都是像照片一样映在这个透镜里的，所以只能缩小了看。还有个能看得更清楚的展望台。你瞧，就在那儿。你站到那个台子上把头伸出天花板试试，四周都能看得很清楚。"

所谓的台子，只是一个箱子形状的东西。小林君遵照博士所说，站到箱子上，小心翼翼地把头探进天花板上一个圆圆的大洞里。

那是一个直径大约一米的大洞，洞口上面是一块穹顶一样的厚厚的玻璃盖子。从这儿可以自由地眺望四周。

只不过，被前照灯照射的前方比较亮，旁边和后面依旧昏暗，什么也看不清。

从这儿看出去就知道，潜水艇正全速前进。因为水流正哗啦啦地掠过圆形玻璃罩，朝后流去。潜水艇时不时地和鱼儿银白色的肚皮擦身而过，很快又把它们远远地甩在后头。

"你瞧，很了不起吧？这可是我家先生的发明。"

不知何时，美少年也爬到了台子上，和小林君并排站在一块。

"嗯，我还是第一次坐潜水艇呢！虎井博士真是太了不起了！"

小林君由衷地感到佩服，喃喃自语道。

在探照灯一样的前照灯的照射下，前方的景色十分美丽。成群结队的大小鱼儿受了潜水艇声音的惊吓，朝两边逃窜，仿佛一条鲤鱼在养着青鳞鱼的池塘里横冲直撞似的。

"啊，我明白了！这下总算明白了！"

小林少年忽然大声嚷道。

"哎呀，吓我一跳。你明白什么了？"

"刚才，我看到的那条像鲸的幼崽一样的大鱼，我终于知道它的真面目了。那条大怪鱼，就是这艘潜水艇，没错吧？两个前照灯看上去就像两只发光的眼睛，而背上那个透明的鼓包，就是这个玻璃罩。鼓包里的人脸一定就是虎井博士！因为博士那时候还没进房间。他后来下了潜水艇，从那个圆形的暗门进入房间的。"

小林君一口气说完这番话后，目不转睛地望着少年助手漂亮的脸庞。

"一点儿也没错。没想到，你现在才发觉啊。"

少年不以为然，脸上带着狡黠的笑容。

这时从下面传来博士的声音：

"喂，你们两个，我看见它了！找到宇宙怪人了！"

—海底大战—

听到这个消息，少年们连忙朝前照灯的光照处望去。

就在潜水艇船头前方十来米处，那只丑陋的怪物正以极快的速度游动着，但看起来个头变小了。

很明显，那是因为它折叠了自己的蝙蝠翅膀。它们正发挥着类似鱼鳍的作用，划水前进。而且它手掌和脚掌上的蹼也像青蛙似的在水中划动。翅膀和蹼相互配合，它的速度可以超过任何鱼类。

它的泳姿也十分奇特，和人类以及蛙类迥然不同，时而横着身子，时而肚皮朝上，偶尔还会像陀螺一样咕噜噜地打着转前进，简直就像在耍杂技似的。

发现潜水艇从后方追来，怪人左闪右避，试图逃出前照灯照射的范围。追踪的一方为了不跟丢它，不停地调整着航向。舵手虎井博士使出了浑身解数。

"你们俩瞧好了！我马上就抓住这家伙！"

博士洪亮的声音在驾驶舱里回响。可要怎样才能抓住它呢？小林君百思不得其解，目不转睛地盯着眼前的怪人。只听引擎声忽然提高，潜水艇突然加速，朝着怪人猛追了上去。

潜水艇和怪人之间的距离越拉越近，眼看相距仅剩两米左右，令人不可思议的一幕发生了。

只听"咻"的一声，潜水艇的船头猛然弹出一根铁棒，铁棒的前端就像人的手指一样"啪"地张开，竟要去抓那怪人。

张开的铁手指一碰到对方的身体，就自动收紧，扣住了怪人的脚。

众人刚想欢呼"扣住了！抓住它了！"，可一眨眼的工夫，怪人却挣脱了。它以极快的速度，从铁爪之间抽出了脚，拼命游出前照灯的照射范围。

这之后的二十多分钟，战况一直非常激烈，简直就是宇宙怪人和潜水艇之间的一场海底大战。

对方身手敏捷，而我方却是一艘巨大的潜水艇。虎井博士的操纵再灵巧，也没办法将怪人锁定在光照范围之内。然而，就在大家以为追丢了的时候，怪人突然又自己游回了光线里。看来，它是想戏弄戏弄虎井博士。

潜水艇几次三番地像刚才一样用超快的速度追赶怪人，每一次都放出铁爪，但就是抓不住它。即便抓住了，它又能轻松地挣脱。

"好家伙！既然这样就用武器！我本想尽量毫发无伤地捉住它，看来是没办法了。"

虎井博士一边自言自语，一边把手伸向座位旁边另一个发射装置。

引擎声又一次高扬了起来，潜水艇飞快地前进起来。然后，就在船头快要触及怪人的时候，"咻"的一声，有什么东西发射了。

从玻璃罩里看过去，这一次是一根锋利得像箭一样的东西，以迅雷不及掩耳之势"唰"地朝两米开外射了出去。

这支箭要是射中了怪人的身体，它说不定就没命了。但是，这次还是怪人略胜一筹。利箭的尖端就差了那么一点点，还是脱了靶。怪人毕竟拥有地球生物所不能比拟的速度。靠着这样的速度，它把潜水艇玩弄于股掌之中，他们拿它没辙。

于是，怪人和潜水艇又开始了拼上全力的追逐战。潜水艇好几次都追上了怪人，放出了利箭，但一次也没有射中它。英勇的虎井博士也筋疲力尽了。

刚才的铁爪和利箭，都是从哪儿射出去的呢？小林君思考着这个问题，下意识地点了点头。他当时看到的大怪鱼，在那两只发光的眼珠下面，有一个类似嘴一样的洞。那一定就是发射口。铁爪和利箭，绝对就是从那里发射出来的。

这会儿怪人究竟去哪儿了呢？不管怎么转动操

纵杆寻找它的踪影，就是不见它出现在前照灯的光线里。它是不是玩腻了，逃走了？

不，并非如此。那个执拗的怪物，还在谋划一个更大的恶作剧。

小林君一直望着前方，忽然依稀瞥见有什么东西在动，心里"咦"了一声，目光一转，只见玻璃罩的顶端竟然贴着一个黑乎乎的大家伙。刚才光注意看亮处了，暗处看得不是那么清楚。

难道是有一只大章鱼吸在了玻璃罩上了？小林君心生不好的预感。仔细观察了一阵，那东西的轮廓逐渐清晰了起来。

那不是章鱼，它的头部和人类差不多大小，形状和鸟类有几分相似。小林君一惊，再仔细一瞧，它那长着蹼的大手，正牢牢地贴在玻璃罩上！小林君顿觉脊背像被人泼了一桶凉水，浑身冰凉。少年助手是不是也注意到了呢？于是他连忙跳下台子，朝博士喊道：

"先生，不好了！那家伙就趴在玻璃罩上！"

一听这话，博士赶忙来到玻璃罩下方抬头望去。隔着厚厚的玻璃罩，虎井博士和宇宙怪人，就在这昏暗的海底相互对峙着。怪物那没有长牙的嘴一开一合，像是在咒骂博士，又像是在哈哈大笑。

"可恶！看来，我只能使出杀手锏了，现在就让你尝尝它的厉害！"

博士不甘心地大声嚷道，随后回到驾驶座上。他究竟打算让它吃点什么苦头呢？对方就这么趴在潜水艇上，也没法儿把它抓下来。怪物的战术实在是妙绝。

然而，虎井博士真不愧为天才发明家，他的计划是如此缜密，为了对付现在的状况，竟专门预备了一个终极武器。

小林君猜不透接下来还会发生什么，忐忑不已。只听又是"咻"的一声巨响，船头"唰"地弹射出一股漆黑的东西，而且不停地往外涌，就像水龙头开了闸。是大量的漆黑的液体。

没多久，喷涌而出的液体蔓延开来，海水中仿佛升起了一朵黑沉沉的乌云。潜水艇就这么一头扎进这团黑云之中。这下，整个潜水艇都被黑色液体笼罩了。

小林君后来才听说，这些液体含有剧毒。凡是游进黑云中的鱼类，转眼间都会一命呜呼。那怪人只要还趴在潜水艇上，就不可能从这些毒液中幸免。这么一来，就算是外星生物也得身中剧毒，就算不死，也没力气逃跑才对。

潜水艇这时已然停了下来，停在黑云里，好让怪人尽可能地吸入毒液。

玻璃罩的上方也有大片毒液压了下来，犹如滚滚黑烟。现在，周围陷入一片黑暗，什么也看不见了。趴在玻璃罩上的怪人也看不见了，可能是周围的黑色液体挡住了视线，也可能是它已经松开玻璃罩逃走了。小林君只觉得自己仿佛身处炸弹的浓烟之中，一股难以名状的恐惧让他只能呆立在原地，浑身僵硬得像石头。

渐渐地，黑云一般的毒液在海水中不断扩散，一点一点地变淡。刚才仿佛被幕布遮挡的前照灯光开始隐约可见，并逐渐明亮了起来。

不一会儿，通过玻璃罩已经可以看清外面的情况了。小林君巡视周围，而虎井博士也来到一旁，开始搜寻怪人的身影。

然而，不管他们怎么睁大眼睛，却始终捕捉不到怪人那邪恶的身影。仿佛它就这么在海水中融化了一般。

虎井博士启动潜水艇，在附近的海底四处搜索，依然一无所获。不管怎么说，它始终是外星的生物，就算是能瞬间夺取地球生命的毒药，也可能对它无效。也许，趁潜水艇一动不动地浸泡在黑色液体中的工夫，怪人已经浮出水面，张开那双蝙蝠翅膀，逃到空中去了吧。

— 离去的飞碟 —

平安无事的一个星期过去了。从虎井博士的宅子回来后，小林君理所当然地将事情的始末一五一十地向明智侦探报告。

这一个星期里，虎井博士每天都会打电话到明智侦探事务所。他对那天夜里只派了小林少年一人前往，自己却并未到场的明智侦探感到有些失望。

"明智先生，您为什么不愿接受我的委托呢？我现在是那怪物的目标，说不定，今晚那家伙就会来绑架我。请您马上过来帮帮我吧！"

每一通电话，虎井博士都会说同样的话。可是，明智侦探不知为什么，就是不承诺马上前往。而他的回答总是那几句。

"我明白了。我会尽快赶去您家，只是请您再等一等，我最近实在是抽不开身，不为别的，就是为了宇宙怪人的案子。我正循着别的线索调查它，每天都很忙。我现在正在监视着它的行踪，所以在我赶去您家之前，它绝对伤害不到您，请您放心。"

他总是说完这些就挂断电话。

连着一个星期，明智侦探每天都会外出，为工作奔忙，而每每回到事务所，都是一副忧心忡忡的样子。

终于，一个星期过去，这天，警视厅打来一通电话，明智先生脸上这才现出宽慰之色。紧接着，他面带微笑一连拨出好几通电话后，叫汽车出了趟门。傍晚，他对小林君说：

"这下，案件终于要水落石出了。小林君，给虎井博士打个电话，告诉他我这就过去，让博士高兴高兴，宇宙怪人从今往后再也不会出现了。"

随后，听说博士正满心欢喜地在家等候，明智侦探便和小林君一道驱车风风火火地赶到了江东区虎井博士的宅邸。

到达博士家的玄关处，那个黑人机器人已经等候多时了。

"两位，这边请。"

它带着两位客人来到了会客厅。

"那就是窥视用的镜子吧？"

明智侦探指着一面墙上的大镜子说道。

"对，就是它。博士也许正在镜子的对面观察我们。"

这时，门口却忽然出现了博士那独特的身影。

"哪里哪里，我可不会对明智先生做出那么失礼的事儿。"

虎井博士微微笑着，朝会客桌走来。

博士和明智侦探寒暄几句，便在椅子上落座，此时，那个美少年助手端来了咖啡。

"明智先生，听说您今天要带来一个好消息，我一直十分期待。您是不是已经找到宇宙怪人的藏身之处了呢？"

听博士这么一问，明智笑了笑道：

"正是。不只是发现了它的藏身之处，今后宇宙怪人也不会再出现了。"

"哦？何以见得呢？"

博士面露不解之色。

"从刚才起，窗外就一直有些嘈杂。是发生了什么不寻常的事吗？"

明智说着，起身来到房间一侧的窗户前。这时，负责在庭院另一边监视的刑警跑了过来：

"飞碟！是飞碟！飞碟出现了！在隅田川航行的船上的人们发现了飞碟，所以嚷了起来。"

听了他的话，虎井博士和两个少年也连忙奔到窗前。

"在哪儿？在哪儿？"

大家都把身子探出窗户，朝天上望去。

"从这儿是看不见的，得到院子里去才行。"

于是会客厅里的四个人急忙通过走廊，赶到了庭院里。

这时再抬头一望，只见黄昏时分微暗的天空中，飞着几个白色圆盘一样东西。一个，两个，三个，四个，五个，哦哦！真是五个！和之前在银座上空见到的一模一样。它们正朝着千叶县的方向飞快地前进着。很快，五个圆盘便消失了踪迹，仿佛融进了天空的另一端。

"最早出现在日本的就是五个飞碟。现在，朝着太平洋方向飞走的也是五个。那么……"

站在庭院的正中间，仰望着天空的虎井博士将视线收回到明智侦探的脸上，轻声说道。

"没错。宇宙怪人已经离开了日本，回外星世界去了。那个可怕的怪物，应该不会再出现在我们面前了。"

明智意味深长地回答道。

"哎哟，这么说来，还是让它给跑了？鼎鼎大名的大侦探，面对外星的怪物，到底还是奈何不了么？"

"不，并不是让它跑了，我已经把宇宙怪人给抓起来了。"

"你把它抓起来了？它在哪儿？在哪儿？"

"这个嘛，等回到房间，我再和您细说吧。我还能给您展示展示那怪物的各种所谓的魔法呢。"

庭院里，七个刑警赶来观测飞碟，将明智侦探围在中间。

"你们几个还是在外围看守，现在还不能掉以轻心。"

说完，明智给刑警们使了个眼色，随后便跟着虎井博士，带着两个少年回到了房间里。

― 魔 法 的 真 相 ―

　　四人回到了刚才的会客室，不久，博士的宅邸门前驶来三辆汽车，下来十四五个人，浩浩荡荡地走入博士家。

　　"虎井博士，我的证人们已经到了，他们很快就会赶过来的。"

　　明智正说着，走廊上传来众多的脚步声，紧接着门被打开，一个个人鱼贯而入。走在最前头的，是警视厅的搜查组长中村警官。

　　"哦，中村君，所有的证人都到齐了吧？这位就是虎井博士。虎井先生，想必您也听说过，这位便是我的朋友中村警官。"

　　警官随即打了个招呼，虎井博士从座椅上站了起来。

"啊，我当然听说过了。明智先生是民间的大侦探，中村先生就是警视厅的大侦探了。来，快请坐。不过，您带来的这些客人，还得劳烦您介绍一下。"

虎井博士满面笑容，言辞十分客气。

"你们几个，进来吧。"

警官一声令下，三个穿着独特的成年人和一个少年进了房间，并排站在了门口。紧接着，八名身着制服的警察也走了进来，听从警官的指挥，沿着房间四面的墙壁列队站好。看这戒备的架势非同小可，不知接下来究竟要发生什么事。

"松下岩男君，你到这边来。"

明智侦探坐着对站在门前的四人中的一位说道。

于是，站在最右边的那位满脸胡楂的男子大大方方地走到桌边，他身穿一件卡其色的旧衣服，看上去有些邋遢。

"你就是丹泽山下的伐木工松下君吧？"

"是我。"

"你能把你向警方交代的事情再复述一遍吗？"

"对不起，我是被钱财迷了眼，撒了个大谎。丹泽山里从来没掉下过什么飞碟，也没有什么长着蝙蝠翅膀的怪物从里头爬出来。我和村里人还有新闻记者说的都是假的。是一个叫作田的人给了我十万块钱要我这么说的。他威胁我说，要是敢把这件事儿捅出去，他就杀了我。"

"这个作田是哪里人？"

"不晓得。他忽然就跑到我的小木屋来，给了我一大笔钱，然后威胁说他会一直监视我，要是敢告密，他马上就会知道。那人肯定是个大盗。"

"好，你先回到原位吧。接下来，山根君，你过来。"

这次被叫到的是一个衣着褴褛乞丐模样的少年。

"你是小林君的部下，别动队的成员之一吧？

在小林队长的面前说出真相吧。小林君，这个孩子就交给你审问了。"

听罢，小林君站起身来，伸手就是一巴掌，狠狠扇在了山根君的脸上。

"这是你玷污别动队名声应得的惩罚。要是其他小伙伴们知道了，恐怕会把你绑在麻袋里打个半死吧。不过，你要是在这儿说实话，我就代你向大家道歉。说吧，把真相说出来。"

山根少年捂着脸颊，含着眼泪讲述起来：

"是一个很面善的先生拜托我的。他给了我二十张百元钞票，让我爬到上野公园的塔顶上。我也算是个爬树的好手，爬上塔顶不算什么难事儿，而且那个先生也帮了我一把。然后我就撒谎说是被宇宙怪人绑架，丢在塔顶上的。那先生说，只要我这么说，就给我两千块钱。小林队长，你就饶了我吧。好不？我只是想美美地吃上一顿蜜豆、年糕小豆汤和猪肉盖饭而已，没别的啊！我以为被丢在塔顶上也不算是什么坏事儿啊！你就饶了我，行不？

饶了我吧!"

这个少年噼里啪啦地说得特别快，大家听完不禁莞尔。看来这孩子什么也不知道，只是无心做了傻事。

"好了，你站回去吧。接下来，有请那边的两位记者到这边来一下。"

明智说罢，那两名年轻的新闻记者挠着头走到了房间中间。

"在这之前，我们已经被中村警官狠狠地教训了一顿。虎井博士，明智先生，实在是抱歉，我们为了在报纸上登个大新闻，丢人丢大了。"

其中的一名记者说到这儿，另一名摄影记者接过话头说道：

"我们没有拿谁的钱，完全是功利心作祟。一天晚上，在常去的酒馆里，我们遇上一个奇怪的男人，被那家伙给蛊惑了，他怂恿我们说，你俩要是写个消息说坐直升机在天上遇到宇宙怪人，肯定轰动，要不要写个试试。不仅如此，那个奇怪的男人还给了我们一张八个宇宙怪人在天上飞的照片，说："我是个摄影迷，费了很大功夫搞出了这么一幅照片，怎么样，是不是很逼真？你只要说这是在直升机里拍的，然后登到报纸上，读者们看了肯定高兴！你们就试试看吧，来，预祝你们成功！'说完还帮我们付了酒钱。我们俩中了那家伙的催眠术，真的就听信了他的话照做了。我们本以为天上发生的事儿反正谁也看不见，宇宙怪人也不会上门来投诉那张照片有假，肯定不会败露的。"

接着，两名记者一起低下头诚恳地道歉："搞了这么一出轰动全国的大闹剧，实在是万分抱歉！"随后便站了回去。

"证人的陈述姑且告一段落。接下来，我再展示一件证物。"

说罢，明智侦探走到面朝庭院的那扇窗户前，拉动绳子，放下一扇百叶窗。此时，窗外的夕阳已经完全隐没，庭院里已是一片漆黑。

"请大家仔细看这扇百叶窗。关灯。"

接到命令，门口的警察们果断按下电灯的开关，转眼间，房间里漆黑一团。

虎井博士，两个少年，四个证人，还有八个警察，所有人的身影都隐约可见，大家都一动不动地盯着百叶窗。刚开始什么也没有发生，但没过多久，百叶窗的表面似乎被某处的光源照亮，依稀泛起一层白光，接着，上面出现一个奇怪的影子。

起初还很模糊，看不清形状，渐渐的，影子的轮廓清晰了起来，一个长着巨大翅膀的东西映在上面。脸上没有鼻子，只有一张咧开的大嘴，诡异地颤动着，仿佛正在大笑。

分明就是宇宙怪人。那个本应坐着飞碟飞离地球的怪物难道就那么执着，又冲着虎井博士来了？明智、中村警官和小林少年自然清楚个中缘由，并未表现出惊讶之色，而其他人着实吓了一跳，甚至还有人大叫一声准备逃出去。

"好了，开灯吧。我现在来揭晓谜底。"

电灯"啪"地亮了。明智大步走到窗前将百叶窗拉起，然后把头伸出窗外说：

"把那个东西拿过来。"

话音一落，便见漆黑庭院的另一端，一个身穿西装的男子抬着一个巨大的黑箱子一样的东西朝窗边走过来。明智隔着窗户接过箱子，展示给房间里的众人。

"这是一个幻灯机。我的助手将它藏在庭院的树丛里，接上电源，将刚才的影子投影到窗户上。那影子是会动的。一模一样的影子曾经出现在平野佑理香小姐房间的拉窗上。亲戚家的青年冲上去打开拉窗，却发现外面什么也没有，便以为是外星的魔法，还引发了一阵恐慌。其实那根本不是什么魔法，只是个简单的小把戏罢了。就像刚才一样，不过是幻灯机投射的一个影子而已。"

—怪 人 现 身—

明智侦探接着说道：

"还有一个神奇的现象，和这个类似。当宇宙怪人第一次在佑理香小姐的家出现时，佑理香小姐去自己的房间收拾小提琴，正好看到窗户外面有个戴着银色面具的怪物正窥视着她。听见佑理香小姐的叫声，在庭院里守卫的两个刑警立刻赶了过去，却连怪物的影子也没看到。当时怪物根本无处可逃，因为刑警是从庭院的左右两侧跑过来的，不可能没看见逃跑的怪物。后来这件事也被认为是外星的魔法使然，其实那也不过是个小把戏而已。有个人偷偷溜进了佑理香小姐房间正上方二楼的房间，在衣架上挂上怪人的衣服，再套上银色面具，利用长长的绳索把它们吊到佑理香小姐的窗外。听见小姐的叫声后，他又将绳子拉了上去，这样看起来，就像是怪物使了魔法消失了一样。这是我亲耳听当时耍把戏的人说的，绝不会有假。"

就这样，令人不可思议的谜题一个一个迎刃而解。然而，未解的谜团仍然剩下不少。大侦探明智小五郎究竟会如何解开这些难解的谜团呢？所有人都屏息凝神，静候下文。

在虎井博士宽敞的会客厅内，加上穿制服的警察，总共有十七个人，有的坐，有的站。整个房间充盈着一种剑拔弩张的诡异气氛，那感觉很难形容，就好像随时可能擦枪走火似的。

"你们听，是不是有奇怪的声响？"

忽然，明智侦探压低了声音说道。众人一惊，都竖起了耳朵。的确能听见不知是哪里传来的一阵阵"嗡嗡"的声音，好像有一只牛虻在房间里飞舞。而且，这声音还越来越响。

"大家快看天上，窗外的天空。来，虎井博士，您到这边来，从这儿能看到一个不可思议的东西。"

说罢，明智拉着虎井博士的手，引着他来到窗边。中村警官和两个少年紧随其后来到窗边，其他人也扎堆似的凑到窗边，往黑漆漆的天空张望。

"把灯打开。"

明智吩咐道。庭院的另一头有人答应了一声，随即"啪"的一声，一道探照灯灯光似的光束打向了夜空。原来院子里装设了类似车灯的电灯。

只见高空中似乎有什么细小的物件进入那束光之中，好像是只鸟。众人不由得屏住呼吸，纷纷将目光集中过去。眼看那东西一点点变大，适才"嗡嗡"的轰鸣声也越发地清晰起来。

"啊！是宇宙怪人！宇宙怪人落下来了！"

不知是谁，忽然惊恐地大叫起来。

在强光的照射下，人们看见一个长着鸟的模样、蜥蜴身休的怪物正张开一双巨大的黑色蝙蝠翅膀，已然降落到离地三十多米的地方。的确是宇宙怪人。

啊！这到底是怎么一回事呢？所有人都以为宇宙怪人刚刚已经乘坐飞碟朝着太平洋的方向飞得远远的了。不承想它居然还留在日本！而且，它又为何偏偏要飞来聚集了明智侦探、中村警官和一大群警察的虎井博士家呢？按理说，被这探照灯一照，它本该察觉危险逃之夭夭的，可它竟然不为所动，自顾自地朝这边落下来。宇宙怪人是要做最后一搏吗？它难道是下定决心不顾这一大群人的威胁，执意要将虎井博士掳走吗？

　　小林君不经意间抬头朝虎井博士的脸望了望，发现他的额头竟布满了豆大的汗珠。看来这位勇敢无畏的博士似乎也败给了恐惧，见他面色苍白，微微颤抖了起来。

　　怪人的轮廓在白色的探照灯光下逐渐清晰，转眼工夫，便在窗前不远处的庭院里着陆。众人以为它肯定要掏出那把滴管似的怪枪，发射杀人气体，不约而同地从窗边躲开。

　　然而，那怪人却站在庭院里，做出一个怪异的举动。只要仔细看就能发现，它的背上装着一个巨大的状似机器的东西。怪人脱下了从肩膀连到胸口的一整块厚厚的"皮"，将那机器放在了地上。那似乎是个飞行器的螺旋桨，螺旋桨的下面连着一个四四方方的箱子，用刚才那层"皮"可以将这箱子背在背上。

众人看得呆了，可那怪人在众目睽睽之下，又做出了更奇怪的举动。只见他抬起双手放在头上，一把扯下了鸟头，那下面分明是一张人类的脸。紧接着，他又蜕皮似的将蝙蝠翅膀和蜥蜴身子一并脱下丢在一旁，一个身着黑色衬衫的普通男子便出现在大家的面前。

"大家请看，这就是宇宙怪人的真面目。这个机器，就是它的飞行道具。"

男子面带笑容，大声说道，继而又伸手在那机器上鼓捣了一阵，螺旋桨忽然转动起来，还发出"嗡嗡"的声响。

―人 体 飞 行 器―

这时，明智侦探转身面朝着大伙儿，开始说明情况：

"那位男士是我的一个助手。为了趁对手不备将宇宙怪人的化装行头和那个机械装置偷到手，我们可是费了不少的工夫。不过，现在，怪人的秘密已经全部大白于天下了。接下来，我将进行详细的说明。这个装置，是大约一年前由法国人发明的，已经在巴黎试飞成功。当时的照片就连日本的报纸上也有刊载。一个坏人将这个机器弄到手后带到日本，就化身成了宇宙怪人。

"这个宇宙怪人故意制造他有很多同伴的假象，其实只有他一个人。而且，他在地面行走的时候，也从来不会佩戴这个装置，因此大家都深信它是用蝙蝠翅膀飞行的。

"宇宙怪人佩戴这个装置真正在众人面前飞起来，就只有在平野君家附近的那棵大橡树上的那次，以及在百货商店的楼顶上为了吓唬一个年轻店员，在他面前飞了一次而已。此外，它都是设法让大家以为它在飞，其实不然。比如，平野君在自家庭院里与怪人相遇的时候，怪人逃进了树丛，随后传出了'嗡嗡'的响声，让人以为它飞走了。其实怪人只是弄出了声响，自己却是翻墙逃出去的。

"而在百货商店楼顶的那一次，周围已经暗下来了，要糊弄一个因恐惧而浑身发抖的年轻店员，并不是什么难事。他趁店员瘫倒在地的空当，将藏在房顶暗处的装置穿戴起来，故意在他面前起飞。因为天色已晚，螺旋桨是很难看清的。

"从平野君家附近的橡树上起飞，也是在天色昏暗的傍晚。怪人其实将装置藏在了那棵橡树顶的树枝上。一旦有人追他，他就爬上橡树，在枝叶的掩蔽下，迅速将装置穿上，然后起飞。

"法国人的这项发明，目前还只能算是个玩具，根本飞不远。最多飞行两三百米，动力就会耗尽。所以，怪人故意制造他已飞远的假象，其实都是降落在附近的空地上。然后，他会摘下银色面具，把装置放进他早就停在空地上的自行车的大号后备箱里，再骑着车逃之夭夭。只要摘下银色面具，他就是个普通人，根本没有人会对他起疑。

"想必大家都还记得平野佑理香小姐被怪人掳走时的情形吧？那时我正躲在那棵橡树顶上，等着怪人送上门来。那时我就已经知道这个螺旋桨的秘密了。

"那怪人见了我，便丢下佑理香小姐落荒而逃。因为有我守在树上，他没法上树去取他的装置。至于我当时为何没有把怪人抓住，那是因为当时我还没做好万全的准备，而且佑理香小姐又不能不救，所以我没办法，只能随机应变了。"

侦探讲到这里，一直一言不发的虎井博士忽然走到他面前，大声嚷了起来：

"那天上的飞碟又是怎么回事呢？全东京的人可是都看见了。难道你要说那些飞碟也只是用机器搞出的把戏？"

"哈哈哈……我正等着你提问呢。飞碟的谜团着实让我头疼了好长时间。假设通过无线操纵来实现，倒算不上复杂，但遗憾的是，我认为要造出这么大规模的装置并不现实。接着，我假设各种各样的可能性，忽然想到一个绝妙的点子，于是做实验验证了一下。果然，实验非常成功。"

"哦？那是个怎样的实验呢？"

"刚才想必您也看到了，有五个飞碟经由这里的上空，朝千叶县方向飞去了吧？那就是我的实验。"

在场的众人都吃了一惊，目光齐刷刷地集中到明智脸上。这么说来，刚才的飞碟，并不是载着宇宙怪人回了外星世界啰？

"哈哈哈，其实那就是个哄小孩子的把戏而已。

我训练了五只信鸽，尝试让信鸽从东京郊外的森林往千叶县的山里飞了好几次。等我觉得时机成熟了，便在细竹条上粘上薄而强韧的纸，做成了一个大碗的形状，然后用丝线将之绑在信鸽的脚上。因为纸片很薄，所以很轻便。之后我又让它们飞了几趟，反复练习，终于在今天傍晚让我的助手从郊外的森林里把这五只信鸽放飞。毕竟是纸质的玩意儿，很容易被风刮跑，所以若不是无风的傍晚，就很难实现。刚开始，银座上空出现五艘飞碟的时候，也是个没风的傍晚，而今天也同样没有风。之所以会选择傍晚时分，是因为这时天色昏暗，纸飞碟的把戏不容易被看穿。

"这个纸质的飞碟大到足以将展翅飞翔的信鸽完全隐藏起来。光从下方观察，就只能看到飞碟，看不到信鸽。再加上又是傍晚时分，天色昏暗，基本不用担心会被识破。不过，为了训练信鸽拖着巨大的纸质飞碟尽可能地飞上高空，可真是费了我九牛二虎之力啊！失败了又重来，都记不清重复了多

少次。恐怕那个变身宇宙怪人的可恶家伙，也花费
了不少的时间训练吧。"

　　明智说到这里忽然停顿，环顾四周。

一火 柱一

这时，虎井博士上前一步，张开双手，不无钦佩地说道：

"厉害！真不愧是明智先生，竟然能把这一系列谜题破解到这一步！不过，还是有很多问题的答案没揭晓啊。要是飞碟是假的，那么那个叫北村的青年教怪人说日语，又是怎么回事呢？还有，那怪人可是能在海底畅游无阻，来去自如啊，普通的人类可做不到吧?"

"好吧。我现在就把最后两位证人请出来。"

明智说着打了个手势，两个人从门外大步走了进来。其中之一就是那位和平野君关系很好的爱好科学的北村。

“北村君，你对我们大家说的那些，都是你编造出来的吧？”

明智开门见山地问道，青年点了点头，答道：

“的确如此。我受人之托编造谎言，但是我并不是受钱财所惑，是事出有因，我才捏造了事实。原因容我稍后再做解释。被宇宙怪人绑架到丹泽山，在飞碟里生活，教怪人学说日语，通过魔法镜子知晓怪人的想法，从滴管枪里发射的毒气让一只猴子转瞬间化为灰烬，这些，全都是我编出来的。”

“还有，把怪人关进水泥仓库之后怪人消失无踪，也是你动的手脚吧？”

“是的。我把窗户上的铁栏杆拧松了。那怪人就是拆下了铁栏杆，从窗户逃出去的。他逃走后，我又悄悄跑到仓库背后把铁栏杆安回去，再在破损的水泥墙面上撒上水泥和水抹匀，然后撒上灰土，让它看不出是新涂的。没人会想到我是怪人的同伙，所以这些小伎俩都没有被发现。”

“很好。那么，接下来到你了。你是千叶县保田的渔夫对吧？你来说说，昨晚你在海里都做了些什么？"

听了明智的问话，站在北村青年身旁皮肤黑得像个印度人似的男人开口答道：

"没错，我是个潜水好手，在保田一带，没人能比得上我。就连业余潜水员也没我会潜水。要我在水里潜个五分钟左右绝对没问题。昨天晚上，有人给了我些好处，拜托我穿上怪人的衣裳潜入海里。

"然后，他要我假装被潜水艇追着四处逃跑。当然，就算是我，也不可能全程一直潜在海水里。我要时不时游出潜水艇的光照范围，偷偷到水面上去换气，再潜下水去，回到光照范围里继续假装逃跑。最后虽然有所谓的黑色毒药在海里蔓延开来，其实那只是黑色的水，根本就不是什么毒药。"

"哇哈哈哈哈……"

突然，一阵可怕的笑声响彻整个房间。虎井博士仰天大笑，笑得整个身子都抖了起来。

"哇哈哈哈……明智先生，您找来的证人还真不少啊。但是这宇宙怪人可不只出现在日本，它们在美国和俄罗斯也现身了。您难道认为，您所说的那些骗小孩子的把戏，能欺骗全世界的人吗？而且，宇宙怪人偷走了博物馆的佛像，拐走了博物馆馆长以及一些学者、艺术家等等。那这些人又到哪里去了呢？"

然而，明智却没有丝毫的胆怯：

"我已经发现藏这些人的地方了。就在面町，还留有草堆燃烧的痕迹。一片空地的正中间，有一个破旧的砖瓦房。宝物和学者们正是藏在那栋房子的地下室里，我已经把他们给救出来了。那些看门的坏人，也被我交给警察处理了。虎井博士，最不可思议的是，那些人里竟然有一个是真正的虎井博士。这下子，虎井博士就有两个人了。哈哈哈……这实在是太有趣了。

"至于美国的宇宙怪人，两天前，美国方面向日本的警视总监发来了一封长长的电报，说是在美国，宇宙怪人也已被抓捕归案，真相大白。政府故意让报纸和广播不要发布这个消息，这样，我今晚才来到了这里。"

听明智这么一说，虎井博士一步步后退，神态说不出的可怕。他的额头上爆出一条条青筋，面色发紫，双手捏得紧紧的，好像下一秒钟就要扑上来似的。

见状，八名警察很快将博士围了起来，一旦情况有变就扑上去制服他。

"还是让我说吧。让我告诉大家，我为什么成了恶人的同伙。"

北村冲到房间的正中央，大声喊道。而虎井博士却大声吼了起来，盖过了北村的声音。

"不！我来说！让我说吧。明智先生，容我先问您一句，这个扮作宇宙怪人的恶人，现在究竟身在何处呢？事到如今，您不必卖关子了，说出来吧。"

"那我就直说了。这个恶人就是你！"

明智正气凛然，掷地有声。

"证据呢？"

"这位擅长潜水的渔夫已经明确说过了，是受了你的委托。"

"没错，就是这个人给了我五万块，请我实施计划的。这五万块我带来了，随时都可以归还。"

只见渔夫上前一步，狠狠地瞪着博士。

"北村君，你知道博士的真实姓名吧？"

明智说罢，北村青年便迫不及待地答道：

"我知道。"

"说出他的名字。"

于是，北村抬头挺胸地走到虎井博士面前，正面指着博士，高声说道：

"这个人，就是怪人二十面相！"

啊！虎井博士竟然是怪人二十面相！那个开着潜水艇追逐怪人的博士，居然就是扮成宇宙怪人的二十面相啊！结局大大出乎意料，让房间里的众人都惊呆了，纷纷望着博士，房间里顿时鸦雀无声。

"你还有一个名字，是怪人四十面相吧？你又一次用替身的伎俩成功越狱的经过，我已经调查得一清二楚了。不过，你居然能想出宇宙怪人这个异想天开的奇招，还真是了不起。你似乎也有很多话要说，说来听听吧。"

明智用一种正义凛然的语调发出了宣告。假扮虎井博士的四十面相推开包围他的八个警察，上前几步，用一种近似于演说的语调说道：

"我正准备坦白这件事。不只是明智君，我希望中村警官，还有其他人也能听我一句话。不，我希望全世界的人，都能听听我的肺腑之言。很遗憾今天这里没有报社记者，接下来我要说的话，我希望能够成为一篇报道。

"我和分布在世界各地的同伴们取得联系，演出了宇宙怪人这场大戏。就在半年以前，全世界和我志同道合之人都聚集在香港，我们召开了一个会议。随后，我们决定让宇宙怪人现身世界各地。

"法国的同伴负责定制了好几个法国人发明的

螺旋桨，并分发到世界各国。美国的同伴十分富有，他没用信鸽而直接使用了无线装置操纵飞碟升了空。在俄罗斯我们只是散播了飞碟的谣言，便立刻让宇宙怪人现了身。后来，法国、英国、中国都有飞碟出现，出现了宇宙怪人的身影。

"没想到，这个计划竟然这么快就被识破了，真是遗憾之至。但是，听说美国的计划比日本更早一步被揭穿，也让我稍微安心了一些。这下，我孤军奋战也没什么意义了。我会坦白一切的，请大家认真听我说。

"我们，是一群恶人。我们被全世界的警察追捕。但是，战争，却是比我们还要邪恶百倍、千倍的东西啊！诸位，难道不是吗？

"世界各国的政府和军队，都沉醉在战争之中毫不自省，已经让上百万的无辜者失去了生命，却还不知悔改，要将战争进行下去。如果我们是恶人，那那些热衷于战争的人岂不是比我们邪恶万倍？

"这些人之所以在地球上无休无止地争斗，都是因为他们以为除了地球以外再没有其他的世界了。要让这些人清醒过来，只能让他们看见从外星来的入侵者已经携带着可怕的武器，预备大举进攻。这么一来，地球上的纷争就会停止，人们将会转而思考宇宙的问题。毕竟不能让外星势力摧毁整个地球。于是，我们全世界的恶人商议联合起来，集体扮成外星来的间谍，打算让这些愚蠢的战争分子们清醒清醒。怎么样，明智先生，中村警官，这是不是一个连你们都意想不到的大计划？北村刚刚想说的，也正是这些。我是将真相告诉北村之后，才与他商定计划的。他认为十分有趣，赞成了我的计划，后来自导自演了那一出精彩的戏码。我有很多部下，他们中有一半都是知道真相后主动助我一臂之力的。

　　"然而，我们还是失败了。说实话，我们打从一开始就做好了计划失败最终落网的心理准备。对我们来说，只要能让地球上那些愚蠢的战争分子大吃一惊，清醒过来，也就足够了。这个目的，我们已经达到了。

"你们就等着瞧吧，肯定会有外星势力前来进攻地球的一天。在它们攻过来之前，我们为何不先下手为强呢？何不停止这狭小地球上的你争我斗，将目光投向更宽广的宇宙呢？明智先生，你说，我四十面相的想法难道有错吗？"

四十面相高高举起拳头，发表着慷慨激昂的演说。然而面对他的慷慨陈词，明智侦探面带微笑，缓缓答道：

"你的想法非常有意思，竟然召开了恶人界的世界大会，真不愧是四十面相。其实，我也隐隐约约猜到了你们的目的。如果不是在美国抓住了宇宙怪人，也许我还会让你再自由行动一阵。

"话说回来，你们的想法虽然有趣，光凭这些哄小孩子的把戏，是无法让全世界的人们心服口服的。不仅如此，你们偷盗行窃，恐吓绑架无辜的人们，这些行为仍旧是在作恶。因此你们必须受到应有的惩罚。特别是你，从你还是二十面相的时候起就作恶多端，而且每每被抓之后总是要越狱出逃，给你多么重的惩罚，都不为过。

"刚才你说你已经做好心理准备了，不是吗？那么，你就乖乖跟我到警视厅走一趟吧。外面已经停了一辆押送车了。我先声明，你要是还打算像以往一样逃跑，这次可行不通了。这座宅邸的周围，有数十名警察把守。此外，隅田川的上游和下游，有好几艘水上警察的汽艇正在巡逻。不管是从陆路还是水路，你都全无退路。"

"哼哼，这些我再清楚不过了。不过四十面相可不是那么容易就能抓住的。你难道不知道，我永远都为自己留了最后一手吗？"

扮作虎井博士的四十面相终于暴露出恶人的嘴脸，语气凶狠。话音刚落，便见他抬起右脚往地面一处猛地踩了下去。顿时，他脚下的一块一米见方的地板"啪"地掉了下去，地面上出现一个四四方方的漆黑大洞。而四十面相的身影则在眨眼之间朝大洞的底部落下去。

"糟糕！那家伙打算开潜水艇逃走！"

人群中有人喊道。

"没关系，潜水艇动不了的。我的部下已经偷偷潜入水底的房间，将潜水艇的机械装置破坏了。这个大洞一定是通往水底房间的。四十面相现在已经是瓮中之鳖了。大家先不要慌，我们不妨先观望一下情况。照那家伙的风格，说不定还准备了什么可怕的机关。"

明智侦探制止了打算跳下洞去追捕四十面相的一干人等，并给中村警官使了个眼色。

中村警官快步跑到外面，吹起了口哨，将犯人逃跑的消息通知了守在博士宅邸各处的一部分警察，让他们加强戒备。此外，他和水上警察的汽艇也通过无线电取得了联系，告知他们歹徒可能会逃往河边，让他们多加注意。这下子，汽艇集体打开探照灯，将博士宅邸后方的水面照得透亮。然而没过多久，一件极其可怕的事情发生了。

四十面相跳入地板上大坑刚过去十来分钟，陆地上的人和水上的警察们同时感到一阵强烈的震动，似乎是炸弹爆炸了，大家不自觉地俯下身体。

　　而在博士宅邸后方的隅田川水面上，忽然冲出一根巨大的火柱，好像火山喷发一般喷得老高。

　　转眼间，附近一带都变得像白天一样明亮，而那巨大而可怕的轰鸣声，听上去就像是一百个响雷同时炸响。

　　这便是怪人四十面相的结局。他逃到水底的房间，打算乘着潜水艇逃往东京湾，却发现潜水艇的机械装置已经被破坏。他觉得自己这次气数已尽，便将一直藏在水底房间里的炸弹给引爆了。

　　随着这一场爆炸，四十面相的生命是否就此终结？

　　还是说……可能……也许……？